智造富强

——吴加富和他的富强科技

尤文华 著

古吴轩出版社
中国·苏州

图书在版编目（CIP）数据

智造富强：吴加富和他的富强科技 / 尤文华著. —
苏州：古吴轩出版社，2019.6
（江枫文丛. 第三卷，创新之路）
ISBN 978-7-5546-1364-1

Ⅰ. ①智… Ⅱ. ①尤… Ⅲ. ①传记文学—中国—当代
Ⅳ. ①I25

中国版本图书馆CIP数据核字（2019）第084261号

责任编辑：俞 都
见习编辑：王 芳
装帧设计：杨 洁
责任校对：徐小良 吕丽静
责任照排：刘 浩

书 名：智造富强——吴加富和他的富强科技
著 者：尤文华
出版发行：古吴轩出版社
地址：苏州市十梓街458号 邮编：215006
Http://www.guwuxuancbs.com E-mail:gwxcbs@126.com
电话：0512-65233679 传真：0512-65220750
出 版 人：钱经纬
印 刷：苏州市大元印务有限公司
开 本：880×1230 1/32
字 数：120千
印 张：5.125 插页：2
版 次：2019年6月第1版 第1次印刷
书 号：ISBN 978-7-5546-1364-1
定 价：32.00元

吴加富，从四川的大山里走来，曾做过外企员工，曾一次次失败。然而，凭着满腔热血，他立志要造中国人自己的自动化设备，辞去高薪厚职，以房产做抵押贷来资金，创办了苏州富强科技有限公司。在他的带领下，富强科技不断突破智能制造领域的关键技术和核心零部件技术，站上了智能制造的国际舞台，成为“国家智能制造示范工厂”，向全球输出技术和服务，走到了智能制造行业的前沿。

企业的成长，也是吴加富生命的成长。他以满满的真挚与赤诚书写了从山区少年逆袭成为国际公司创始人的传奇励志故事。

序 言

苏州高新区诞生于全国形成立体全面开放格局的时代，27年来，创新开放的苏州高新区秉承"高""新"发展理念，围绕"发展高科技，实现产业化"目标，把科技引领、创新驱动作为加快转变经济发展方式的核心内容，着力发展创新型经济，走出了一条以提高经济运行质量和效益为中心的内涵式发展道路，成为苏州市经济发展的有力引擎、开放创新的先进典范，更是国家高新区的一面旗帜。

大河奔流开新路，层峦竦峙争高峰！近年来，苏州高新区围绕建设苏南国家自主创新示范区核心区这一目标，系统谋划"发展是第一要务，人才是第一资源，创新是第一动力"的重要战略命题，不断集聚高端要素，发展高端产业，培育创新业态，营造创新生态，全力打造具有硅谷气质的创新高地。苏州高新区瞄准"自主可控"，突出技术"命门"，创新企业、科创载体登台"主唱"，不仅集聚了100多家"国字号""中字头"大院大所，而且拥有各级各类科技领军人才1000多人次；不仅培育了一批创新能力强、发展速度快、市场潜力大的"制造业单项冠军"与"专精特新"企业，而且形成了以创新型领军企业、科技型上市企业、高新技术企业为骨干的创新企业集群；不仅拥有“真山真水、青山绿水”得天独厚的生态优势，而且拥有“山隐城中，城映水中”要素齐全的创新生态。从某种意义上说，苏州高新区展现了一种“科技和生态齐飞，山水与城市一色”的独特魅力，是人杰地灵、繁荣富庶的投资热土、创业天堂、宜居福地。

习近平总书记指出，企业是创新的主体，是推动创新创造的生力军，要推动企业成为技术创新决策、研发投入、科研组织和成果转化的主体，培育一批核心技术能力突出、集成创新能力强的创新型领军企业。苏州高新区开发建设27年来，一大批企业立足于此、深耕于此，创造了“几乎不可能”的创业传奇。如果把每一个企业比作一滴水，那么，每一滴水珠都蕴藏着浩浩汤汤的磅礴力量。这勇往直前的力量，正推动苏州高新区奔向更加壮阔的未来。

应该说，苏州高新区艰苦奋斗、自强不息、敢闯敢试、勇争一流的发展历程，是共和国伟大前行路上的一个生动缩影；在前进道路上涌现出的一系列可歌可泣的人和事，展示了苏州高新区的自信和智慧。

《江枫文丛·第三卷（创新之路）》丛书遴选了苏州高新区内5个极具代表性的创新样本，生动展示了企业家在苏州高新区创新创业的鲜活实践，深度挖掘了蕴藏在企业家心中的光荣与梦想、自信与希望，形象展现了科技创新托起中国梦的奋斗力量。这些在创新发展历程中定格的无数宝贵瞬间，铸造了一个地区不断前行的定力与勇气、眼界与胆识、胸怀与气质。

大道之行，一以贯之。2019年是中华人民共和国成立70周年，对此最好的纪念，就是在推进高质量发展的新征程中展现更大作为。当前，苏州高新区人民正以海纳百川的胸怀、水滴石穿的韧劲、奔腾不息的力量，在“强富美高”征途上不断开辟高质量发展的崭新境界！

前方，是喷薄欲出的朝阳；前方，是绚烂多姿的霞光……

让我们共同期待更加辉煌的未来！

丛书编委会

2019年3月

目 录

一个山村孩子逆袭成为国际智能制造公司的老总，他经历了什么？

他留给别人的那份真挚，即使片刻，也是成功。

序章

“欢迎您乘坐海南航空飞往圣何塞的HU7989航班。飞机即将起飞，请确认系好安全带。”飞机上，空中小姐还在演示系安全带，吴加富已闭上了眼，他想趁飞机上升时让眼睛休息一下。飞机开始加速，起飞，爬升。虽然闭着眼，但吴加富已经很熟悉飞机起飞时的一切过程。他已记不清这是第几次去圣何塞了。

他从苏州高新区启程。这一次，他要飞往美国硅谷，同富强科技研发团队讨论如何布局全球。

到了高空，飞机开始平稳了。吴加富睁开眼，商务舱内，浅灰色的顶，红色的座位和地毯，白色的机身窗舷，前方座位后面独立的电视屏幕，这些暂时组成了一个安宁的空间。几名空乘在机舱里来回穿梭，给每个乘客送上酒水和饮料。吴加富随手从包里拿出黑色封面的《时间简史》放到小桌板上，书已看了一半，书签正夹在第九章《时间箭头》。他打开书，看到“至少存在有三个时间箭头将过去和将来区分开来……”。

“吴先生，请问您需要这款‘蓝色海岸线’吗？这是我们海南航空专门在夏季开发的特色鸡尾酒。”空乘人员向吴加富介绍道。他抬眼看到马天尼杯里一片朦胧的浅蓝色，杯角还缀着一片明黄色的凤梨。他微笑点头，轻声说：“好吧，尝一下。”他拿起酒杯，品尝了一口，酸苦清爽，有股热带风味。

吴加富放下杯子，继续看书，书中写道：“心理学箭头，即是在这个时间方向上，我们能记住过去而不是将来。”那过去的时间是否就是虚时间呢？他心思活跃，看着鸡尾酒，忽然想起小时候喝水都要到山下去挑，要走很长的山路，更不用说喝饮料了，听都没有听说过鸡尾酒。想起小时候，他的思绪开始了飞机起飞般的长长地爬升……

个人成长篇

吴加富出生在四川省绵阳市平武县徐塘乡平沟村青家组。那是一个放眼只能见到山的地方。贫瘠的山村土地、贫寒的山村生活，没有让吴加富消沉，反而激起了他无限的斗志，让他从小立志走出大山。于是，他通过不懈的努力，从小山村走到了平武县城，走到了省会成都，走到了“魔都”上海，最后在有着“人间天堂”之称的苏州落脚、扎根。

第一章　立志走出大山

1977年腊月廿二日，吴加富出生在四川省绵阳市平武县徐塘乡平沟村青家组。那是一个放眼只能见到山的地方。徐塘乡之名也是因山势险峻，道路崎岖，内有一平塘，行人至此需徐步缓行而来。平沟村更是一个处在半山腰的小山村，海拔2000多米。

任何人都可以从他的童年生活里找到缩影。吴加富的父亲一辈子生活在山里，但他希望自己的儿子们能走出大山，看到外面广阔的世界，走向富强。因此，他给两个儿子取名加富、加强。

父亲是村里最有学问的人。吴加富清楚记得，小时候，村里要写个什么申请或谁家里有红白喜事要写个字什么的，都是父亲来写。文化人，哪怕是在最偏远的乡村，都是被人高看一眼的。要有知识，要让自己成为文化人，像种子一样在吴加富的心里扎下了根。

从小，父亲就教吴加富学写毛笔字，在饱蘸墨水的一笔一画中，吴加富不仅练了字，也养成了良好的学习习惯。山里孩子最爱的不是坐在学校里，而是与山同乐、与水嬉戏，上学尚且坐不住，一放学就更像解放了一样，放牛、割草、爬树、采果子、喂猪，玩得可欢了，可吴加富总是认真地先把作业做完了再玩。倘若有数学应用题做不出来，他就会急得大哭，好像自己没完成任务，对不起出题人一样。有一次，实在是想不出来，他心里想，这脑袋怎么就是想不出来呢？他懊恼得一拳一拳地打自己的头。村里人觉得这孩子读书读疯魔了。大家劝他出去玩一会，可他倔强地非要把那道题做出来才罢休。

当时的村级小学，因为人少，常常是复式班，二、三年级的学生在一间教室里上课，夸张的是吴加富所在的村子学生更少，是一年级到四年级的孩子共用一间教室。老师在教一年级的时候，二、三、四年级的学生做作业；二年级上课时，一、三、四年级的学生做作业……就在这样的环境下，聪颖的吴加富不仅学会了一年级的课程，还把二、三、四年级的课程陆陆续续地都听会了。

山村的岁月就像村头的石头碾盘一样，在人们不懈地劳作和企盼中沉重且顽强地前行着，日子过得贫寒，大家的心态却是平和的。吴加富一直记得，小时候村里家家户户都不富裕，谁家要有点好吃的，都会和大家一起分享。吴加富家里有棵杏子树，每到秋熟时，母亲总会让他拿着成熟的杏子分给邻里的小伙伴们。母亲的纯朴、厚道拉近了邻里之间的关系，每当秋收时，大家总要问问吴加富家：玉米打碾了吗？山地里的麦子收了吗？如果没有，便主动来帮忙……即便没有物质的滋养，但山村人彼此之间的亲情却生长发育得根深叶茂，让吴加富从小就养成了懂得顾及别人心理的习惯。

村里人都说："吴加富乖，有礼貌，只是性格弱。"吴加富的所谓"弱"其实是心地善良，外表不彪悍、不尚武，而他性格中顽强的

一面别人不知道罢了。可听到这话，吴加富有些不服气了，为了表现得和村里孩子一样的胆大、淘气和野气，一天，吴加富和表哥——二姨家的儿子捡娃子，偷偷地从家里带上一把装铁砂的猎枪，上山去了。

二十世纪八十年代的四川绵阳平武山区，山高坡陡，森林密布，对外交通非常不便，这一切也使得这里还保留着原始自然的生态环境，野生动物多。靠山吃山，平沟村还保存着千百年来的古老传统，每逢冬季，村民们会一起围猎。所以，那时家家户户都有猎枪。夏天的山上，时有飞瀑，漫山遍野的绿；树上、地上还有好多野果子，山杏、野桃、火棘果、蛇皮果、野生猕猴桃，哪哪都是好看的、好吃的、好玩的。两人兴冲冲地四处胡逛。

“捡娃子，给我打一枪。”吴加富看着和自己差不多高的枪，很希望像大人一样打猎，要是逮个兔子、野鸡什么的，那村里人谁也不敢说自己胆小了，还可以给家里开点荤。吴加富心里盘算着。

“等有物再说嘛。”

捡娃子一边嘟哝着，一边低头看似老练地装铁砂，谁知不知怎地枪就走火了，只听“砰”的一声巨响，铁砂从枪管里喷出。“啊啊啊……”捡娃子凄惨地大叫起来，铁砂喷到了捡娃子脸上，顿时鲜血直流。

不得了了，闯祸了！

吴加富看到满脸是血的捡娃子，吓得大哭起来，拔腿就去叫村子里的大人。二姨看到捡娃子的半边脸上都是黑黑的铁砂，就和吴加富的父母争吵，虽然捡娃子受伤跟吴加富并没有直接关系，但她还是希望吴加富家能拿出些医疗费。可吴加富的父母也拿不出钱，山里人哪有什么进账！那一刻吴加富懵懵懂懂地在心里埋下了以后要走出大山、要有钱的信念，钱可以治病救命！

虽然表哥年纪大，可吴加富读书比他早，他们又在同一个复式班上课。从那以后，吴加富更加用心地帮助表哥，给他辅导作业，甚至帮他做作业，仿佛想以此来弥补心头的亏欠。

村里的很多孩子小学都未必能读完，而吴加富却顺利地考上了离家四十多里的豆叩中学。吴加富的父亲一直认为，读书可以改变命运。他总是对吴加富说，这个家再苦再累，我们都会撑着，你不读书我们就没有出人头地的那天。妈妈也一直鼓励吴加富认真学习。这使得吴加富更加坚信：只有读书才可以让自己走出大山，别无他路。

第二章　求学之路

山里人最缺两样东西：钱和学校。只要付出劳动，不管多少，总可以赚到钱；但学校却不能自建，山里的学校少且远，很多孩子只能走上三四十里山路去远方的学校上学。吴加富初中就是在离家四十里路的豆叩中学上的，从那时起，他就住校了。

去豆叩中学四十多里的路都靠吴加富自己走，不仅如此，他还要背上洗漱品等日用品和衣服。他只能两个月回家一次，在校期间，吃喝拉撒全靠自己管理。

学生们每天中午把玉米磨成的粉装在饭盒里，再用冷水一拌，然后去学校食堂蒸煮。吴加富毕竟只是个半大不小的娃，不会搅拌玉米粉，也不知道要放多少水，蒸出来应是玉米馍，却成了一块一块的硬团。吴加富也不管，把这硬团胡乱塞进肚子，吃饱就行。好在父亲是豆叩镇人，豆叩镇上有父亲的大娘、二娘在，隔三岔五，她们就会领着吴加富去赶场打牙祭。

逢农历每月二、五、八，便是豆叩镇赶场的日子，四邻八乡的人都往镇上来了，街上密密麻麻都是涌动的人群，吆喝声、讨价声、还价声此起彼伏；挑箩筐的、背背篓的、提菜篮子的，应有尽有，大家把各自家里当季的蔬菜、山里的野果子、鸡蛋、牲畜拿来卖。吴加富喜欢赶场是因为可以跟着奶奶去吃各种美味，猪油糕、酸辣蕨根粉、荞麦面、油条……吃完还可以在人群里进进出出，听奶奶们聊聊天，是一种身心的放假，每次去赶场他都有幸福的感觉。

可毕竟是初中生了，男孩子们有一种急于向外界证明自身存在的冲动，每次一有小冲突或口角就会激动，不太会控制自己理性解决问题，总想较个高低，因此学校里动不动就会有一个班与另一个班打架的事发生，或一个宿舍与另一个宿舍打架，大家都自以为很厉害，谁都不甘示弱。每到这个时候，柔弱的吴加富就心里暗暗叫苦，他害怕！他个头小，混在人群里“打个酱油”都很吃亏。好在吴加富学习成绩好，经常帮助身边人，给大家补习功课，混了个好人缘，所以他缩在一边也没有人去打他。

冲动和叛逆是这些血气方刚的少年缺少不了的。而江湖义气，也是他们追求的。要是谁的饭不小心被打翻了，没了午饭，下午又困又饿的日子不好过。这时候，同学们就会二话不说，你匀一点，我匀一点，凑一碗饭给他吃。吴加富一直记得当时有个叫杨明的同学，天生一头卷发，平时有些调皮捣蛋，但很讲义气，两人关系很铁。杨明有辆自行车，回家时，常常把个子矮小的吴加富放在车前横杠上驮回去。还有一个叫肖永静的女生，也经常这样骑车带他……

这个年纪，没有父母在身边，那些一起成长的小伙伴就是最温暖的依靠，相互之间种下的点点情谊都刻印在吴加富的心里。

混沌而幸福的初中之后，吴加富考上了中专——江油师范学校。二十世纪八九十年代，为早点工作，初中毕业生往往首选中专，其次才选高中，当时中专的录取分数线比高中的还高。那时，吴加富身高才1.49米，体重也不够，虽然成绩够了，可仍没被录取。这时，正好吴加富的爷爷有个旧识，在县教育局工作，在他的帮助下，吴加富转到了平武县唯一的高中——平武中学。

上高中后离家更远了。从家到平武中学要走六十多里山路，全是上山下山，从海拔2000多米下到500多米再爬上海拔2200多米的药丛山，然后再下山。就在这上山下山中，吴加富开始打量这个世界了。

从读高中起，吴加富就对自己说，不许再哭。在他眼里，哭是懦弱和幼稚的表现。他的胆子也渐渐大了，就算路上有个野猪突然蹿出来或者其他什么动物猛地跳出来，把他吓得毛骨悚然，他依然能独自走完这六十多里山路。他边走边玩，心中充满了乐观和浪漫。

有次上学途中，他走得很累，这时，看到山顶就在前面了，他跑起来，快速冲到山顶，瞬间心底升起一种“意悠扬，气轩昂，天风鹤背三千丈”的感觉，刚才独自行走的孤独、疲乏霎时化得无影无踪，内心豁然开朗。他对着湛蓝的天空大声吼叫，吼声在旷野中回响着，那种释放、淋漓，有种满满的成就感和对自我的超越，一种无法想象的快乐扑面而来，他欢快地在草地上打了个滚。也就在那一刻，他内心隐隐产生了要走向大世界的勃勃雄心，他让自己的思绪无限飞翔……

然而，也不是每次都有这样兴奋的历程。倘若冬天或下雨天，上学的路程就苦不堪言了。下雨天，路上全是黄泥，根本就没法走路，一双黄胶鞋，走到山下也就废了。而冬天，走在路上，就是“千山鸟飞绝，万径人踪灭”，雪那么厚，裹着有钉子的脚套，上山还好，下山就滑溜得很。有一次一路上连着摔，他干脆就数起自己摔了几跤，走到学校他居然摔了29个跟头，手和脚都摔破了，衣服裤子全都冻住了。事后他把这个过程写进作文，作了首打油诗：

白了山川，美了天地。
苦了小子，摔了无数。
破了两手，冰了衣裤。
过了崇岭，长了志气。

还有一次，他走到半途，忽然急性肠胃炎发作，上吐下泻，幸好有同伴一起走，他被一众人架到山下的百姓家里，吃了几粒药，才止住。这让吴加富有些后怕，要是没有人，指不定就死在路上了。

高中三年艰辛地行走，让吴加富意识到，独自走路只能服从于当下，路总有走到终点的时候，关键是要乐观、自信；而有他人的帮助比较容易走出困境……这些行走的路程，极大地磨炼了吴加富的意志，造就了他吃苦耐劳的精神，使他养成了在穷苦困顿的环境下坚持的品格，让他更有主见，懂得权衡利弊和取舍。这给他以后的人生带来了很大帮助。

那时，吴加富的父亲在村外面的大山里伐木，母亲一个人苦苦支撑着家中事务。吴加富高二时，弟弟吴加强也考上了中专。虽说中专的费用一年也就两三千块钱，可是山村家庭一年也赚不到这么多，为筹集兄弟俩的学费，家里养的猪都要卖掉。兄弟俩都正是长身体、能吃能喝的年纪，可是，家庭条件不宽裕，家里常常几个月都吃不到肉。吴加富常寻思，要是有块猪肉，蘸点儿蒜泥吃，那可是神仙过的日子了。在食堂里看到同学们吃肉时，吴加富真心很馋，他用鼻子嗅了嗅，嗯，肉味儿非常纯正，再使劲地咽一口口水。而他就靠妈妈每个月送点腌菜来下饭，别人家的咸菜都是用肉熬的，可自己家里的腌菜是用水煮的；或者就在食堂里买份豆芽菜，那时天天吃豆芽，以致后来他一闻到豆芽味就反胃。

馋像猫爪子一样挠着吴加富的心，挠得痒痒的，他连做梦都在狼吞虎咽地吃肉。终于，吴加富得到了一次解馋的机会。三姨有个女儿要出嫁了，婚宴上他看着魂牵梦萦的肉，风卷残云般，一口气吃了十八块，不知不觉中干掉了两碗梅干菜扣肉。他吃得那么认真，那么仔细，那么香。吃完，他突然放声大笑，感觉好充实、好爽快啊！

吴加富融入了县城同学的圈中。平武高中是平武县城唯一的高中，来此读书的学生大都出身于公职人员、教师、医生家庭，在这座县城里都算是经济条件不错的，鲜有像吴加富这样来自山村的。而能从山村来到这里读高中，必定成绩优秀，是村里的精英。吴加富家里贫穷，没有几件像样的衣服，可是这丝毫没有让他内心自卑，和同学产生鸿沟。同学们也没有因为吴加富贫穷而对他产生轻蔑和排斥情绪。星期六、星期天，家在县城的同学都会回家，家里大人做了好吃的等待孩子们回去补充营养，过个舒服的夜晚。可吴加富没有去处，体贴的同学们便会邀请他到自己家里去吃饭，改善一下伙食。看似平常的一顿饭，对吴加富的震动是巨大的，他看到了富裕的家庭和他的家庭之间的差别。一开始他的内心有点惶恐不安。然而，不仅同学没觉得和他有阶层相隔，同学的父母也待他如自家孩子，这让他安心了。

让吴加富印象深刻的是，同学杨建时常会叫他去“蹭吃蹭喝”，非常义气。还有爱思考的马正飞，也时常叫吴加富去家里，马正飞的父亲对吴加富的影响很大。马正飞的父亲是平武县县志办的工作人员，喜欢和孩子们交流，会跟他们讲自己青少年时的故事，也会讲平武县的历史、文化。那一串串有关故乡的古人、古事和古迹，拓宽了吴加富的视野，让他再次萌生了走出大山、看到更高更远的世界的想法。他更加信奉“读书能够成就人生”的理念。

作为礼尚往来，吴加富也会邀请同学们去他的山村老家，交换生活空间。辛苦的山村生活，对城里来的同学们则是一种新鲜的体验。吴加富家喝的水都是从山下挑上来的，他让同学们都去体会一下挑水上山的感觉，甚至还让他们跟他一起打工，从山上把地板背下来。大家都知道了农村劳作的艰辛。

虽然吴加富独自走在人生的求学之路上，感受着同学们温暖的友爱，但家里的经济状况他必须看到。

对吴加富来说，日子过得紧巴算不了什么，就算吃不到肉也没关系，他甚至都不在乎每次妈妈送来的咸菜，吃到一个月的最后一个星期都开始长白色的毛毛——发霉了。他更在意的是妈妈每次翻山越岭地来给他送菜，往往凌晨四点就要从家里出发，到学校差不多是上午八九点，送完菜后，马上就往回走，这一来一回要走上将近十个小时，一路上山高林密，基本上没有人烟。他心疼妈妈走得辛苦，担心妈妈在路上遇到坏人。

正是因为贫穷，更是因为心疼父母，一到寒暑假吴加富就跟着父亲外出打工。那时父亲在九寨沟修路，做小包工头，吴加富就去给父亲打下手，管理工人的吃、穿、住，跟工人一起挖路，在坚硬的山石上，愣是一锄头一锄头地刨开，平时拿笔的手都起茧子了，大热天的晚上睡在地上，被蚊子咬得一个个包，他都不觉得辛苦。

从那时起，山村农民的儿子吴加富脑子里闪出一个念头，一定要在四十岁之前，实现自己创业的梦想。穷则思变，他开始寻找自己的生存方式，开始想怎么可以改变现状。终于，他想到了赶场。那一年，他读高二。

童年时跟着奶奶赶场子做“吃货”的记忆还那么鲜活而生动，但现在，他要成为卖主。他看清楚了赶场其实是一场买卖双方可以及时互换身份的商品交流活动。赶场时不是有很多人将家里舍不得吃的鸡蛋、牲畜背到街上卖吗？那他也可以这么做。家里没有那么多鸡蛋，可以到村子里去收购，山村里的鸡蛋都是县城人所渴求的土鸡蛋，那么低价收进来再以高一点的价格卖出去，不就可以赚差价了吗？

想到就行动。村里的大娘、婶子们听说吴加富要收购她们的茶叶、鸡蛋，省得她们走上几十里路去卖，纷纷把家里的鸡蛋、茶叶拿来卖给他，而他也有了源源不断的货源。他甚至还叫表哥们去每家每户收茶叶、鸡蛋，然后送到县城，中午再带着他们一起到街上去售卖。

吴加富每逢赶场日的中午一吃过午饭，就早早地从学校里出来，固定地守着街上的一个位置。旁边有个卖卤菜的阿姨热情亲切，看到吴加富每次都把很新鲜的鸡蛋或者茶叶拿来，就和他聊了起来。

“小伙子，哪个村的？”

“徐塘平沟村的。”

“哟，很远啊，得五六十里地吧？”

“是呢，阿姨，不过，我现在还在读书。”说着这话的时候，吴加富心里有种“我在县城有张床”的感觉。是的，有了一个落脚点，也就能以此开展营生。

“还是学生啊！”

一来二去，两人也熟了。阿姨走开时，吴加富会帮着阿姨照看她的卤菜摊。阿姨看着吴加富这个素不相识的孩子，那么懂事，心里涌起一股母亲特有的心疼感，她把家里儿子穿过的旧衣服都拿来给了吴加富。虽然衣服是人家淘汰的，但对于吴加富来说还是很“奢华”，他心里淌过一阵阵暖流。

得了人家好处的吴加富也不好意思光拿阿姨的东西，就把阿姨介绍给了妈妈认识。山里人朴实，吴加富的妈妈来看儿子时会特地送些木耳之类的土特产给阿姨。而阿姨有时会拿些卤菜给吴加富改善伙食：“小伙子，带到学校去吃吧。”

吃着阿姨送的味道鲜香的卤肉，吴加富觉得世界是和善的，自己不是孤立地存在。生活教会了他诚实、用心的人际交往方式。体谅别人、换位思考，是重要的情感能力，而真实展现自己的状态，哪怕是弱小的、卑微的，依然可以被接纳、被认可，得到他人的支持、喜爱，结下扎实的人脉关系。这淳朴造就了他真诚、坦荡的个性。

自从开始卖茶叶、卖鸡蛋后，吴加富再也不用父母给他钱了，他不仅能够自己添置一些学习用品、生活用品，甚至可以改善伙食了。他的生活费完全自己搞定。

有人说“有钱难买少时贫”，少年时代物质的贫乏，不管是饥馋还是在“吃”以外的辛酸和悲哀，都只是命运让一个人的生命之树努力向下“扎根”的过程，根基越深，则向上的成就越大。若干年后，吴加富再回顾自己青少年时期所经历的这些苦难时，他才明白，这些苦难早已悄悄转变成一笔人生的财富，让他在以后的人生之路上遇到再困难的事都没有低过头，没有逃避过，而是坚定信念，顶风冒雨，安然蹚过各种激流和险滩。

第三章　象牙塔内

虽然现在每年从徐塘乡出来的大学生越来越多，但当年，真正考出来的只有吴加富一个人。吴加富读大二时，平武县被四川省人民政府批准享受少数民族比照县待遇，这意味着每个考生都有高考加分，政策倾斜对平武县是个利好，使得平武县的孩子考大学不再那么难。而吴加富当年是凭实力考出来的。

吴加富考上的是四川工业学院，也就是现在的西华大学。为了少花些钱，他的志愿只填定向委培这一类。

吴加富考上大学要去省城了，这个消息不要说对平沟村，就是对于整个徐塘乡的学子们，都是一种鼓励。吴加富的父母也觉得特有面子，村子里很多孩子小学、初中毕业就不读书了，有的甚至小学还没毕业就辍学了，现在，自己一个儿子考上了大学，一个在读中专，多年的艰辛付出总算没白费。

可是，上学是需要花钱的。

吴加富紧握着大学录取通知书，抬头看向窗外，外面阳光灿烂，爸爸、妈妈就坐在对面。吴加富抬眼看见了父母因为劳作而有了银丝的头顶，内心喜忧参半。家里负担更重了，供养一个中专生，还要供养一个大学生。还是母亲先开口了："孩子呀，不要担心，我们会好好照顾自己的，你好好读大学……"父亲则鼓励道："在外面自己照看好自己，咱们人穷志不能短，用心做事，用心做人，将来混成什么样全靠你自己啦。"父亲说完，郑重地拿出了2900元学杂费。近3000元钱，对一个靠土地吃饭的家庭来说，比一整年的收入还多。

钱放在吴加富手里的时候，他心里沉甸甸的。村里跟他差不多大的男孩子都在外打工了，可他还在拿父母的钱上学，他也知道，这钱全部是借的，向康德清表哥借的一千多元还是他自己去借的。吴加富虽然于心不忍，但仍然小心地收好。

就这样，吴加富带着这2900元钱和行李，怀着对大学生活的无限向往，一个人奔向了省城——成都。从初中开始，他就住校，对于一个人在异乡生活，他一点也不觉得陌生。

大学的校门口熙熙攘攘，都是父母在送孩子上学，唯有他是自己拿着被子、脸盆等行李。好在很快就有学长带他办理了相关的入学手续，然后找到宿舍。

然而，他很快发现大学里有很多东西需要学习，他甚至不会使用学校的基本日常用品，包括银行卡、公交卡、电话卡、饭卡、电脑等。他甚至有点被这些闻所未闻的东西震住了，不知所措，他强烈地感到山村与城市之间各方面都存在着强烈的反差。但他很清醒也很坦然，我就是来自山村，就是来学习和融入的，他甚至来不及产生自卑心理，就急切地要为自己的生活费而努力了。

他来到学校勤工助学部，申请了勤工助学，每周六、日给学校挖光缆，一天20元钱。一个暑假，他又跟着施工队挖了一个足球场，虽然工作辛苦，是个机械重复的体力劳动，但好在他有过跟父亲挖路的经验，他知道这是对意志力的培养。

老师看他个头虽小，做事却认真又肯吃苦，就特别照顾他。他看到老师的善意，就把妈妈寄来的黑木耳、红薯干、蜂蜜等山村土特产送给老师，老师被这个山里孩子的朴实打动，把他调去勤工助学部做老师的助理，专门审批勤工助学学生的申请，察看学校有多少个岗位，可以安排多少名贫困学生。这个管理岗位让吴加富每个月有固定补助148元。他买了辆二手自行车，课外又找了份数学家教的工作，骑45分钟到达茶店，帮助学生补习功课，两个小时可得20元钱。他精打细算着，如何让自己既可以吃饱又节约伙食费。他发现学校食堂早餐最便宜，以自己的饭量，买5个馒头和1份泡菜，可以管早、中两顿了。

读大学的第一个学期吴加富拿了父母的2900元钱，此后他再没有拿过家里一分钱。他不仅不停地勤工俭学，拿学校的助学金，还拿奖学金。他寒暑假都在打工，四年时间里没有回过一次家。学校需要的一切费用，他全部自给自足。他一直记着父亲说的那句话：全靠你自己！是的，他只能靠自己。为了得到自己想要的未来，怎样的付出他都不觉得过分。他甚至认为正是因为穷，才激发了他的潜能与强大的克制力。

就这样，他到大二时，生活费慢慢有节余了。寝室里，家中有钱供给的同学上半个月有钱用，下半个月就有些捉襟见肘了，而他在下半个月还是个“有钱人”。他从500元助学金中拿出300元接济给读中专的弟弟，自己只用200元。

四川工业学院是工科学校，本来女生就不多，然而在勤工助学的新生申请名单中，吴加富注意到有个女生，也来自山区，也是用贷款上的学，生活条件可能比自己还差。吴加富不由得想对她多一份照顾，给她安排个工作时间灵活又有固定收入的工作。而就在这时，有个怯生生的声音在问："请问这是勤工助学办公室吗？"

吴加富忙答应，等来人进来时，他眼前一亮。进来的是一个瘦小的女生，一头短发，肤色黝黑却五官端正，眉清目秀。吴加富问她有什么事，女孩说想问一下什么时候能安排勤工助学的岗位。吴加富又问她叫什么名字，女生一回答，吴加富就笑了，自己正在看图书馆有没有缺助理岗位，想安排给她，她就来了，真是好巧。吴加富笑的时候，看到女孩正腼腆地在对自己笑，吴加富心里一动，她笑得好甜，"巧笑倩兮，美目盼兮"是否就是这样？吴加富心里霎时就有一种幸福感植入。

女生对于吴加富给她安排的勤工助学岗位非常满意，一定要请吴加富在食堂里吃饭。在她看来，认识个学长，日后也好有个照应。吴加富心花怒放，随即答应，两人在学校食堂里共进午餐。

那是吴加富第一次单独和女生一起吃饭，他举止有些拘束、不自然。女生也是第一次单独和男生一起吃饭，她更有些羞涩。两人吃着，相互瞄了一眼，眼神正好碰上，又赶紧躲开，一时又找不到话题，只能沉默，各自盯着眼前的饭菜。两人都发现了忽然处于无话可说的尴尬境地。吴加富看着米饭，忽然诚实地对女生说："不瞒你说，在读高中前，我没有吃到过米饭。山里不种稻，从小我们吃的是玉米和土豆……”

“我也是呀。”女生开始正视吴加富。

相似的生活经历、相当的经济条件，让两人的话越来越多。从那以后，吴加富和女生常常同进同出，互相关照，两人的感情慢慢发展着，一直到大学毕业。吴加富兴奋地写信告诉父母，自己处了个女友，也是山里人，女孩很自立、勤奋，自己很中意。然而，后来由于种种原因，两人最终还是分手了。

第四章　初入社会

大学没有高中那么繁重的功课、无休止的考试，有充足的时间用来打球、逛街、听歌、看电影。有人专注于做学霸泡图书馆拼命考研；有人疯狂玩电脑，仿佛要把初高中失去的玩乐时间弥补回来；有人积极参加学生社团，猛烈地刷着存在感。可是吴加富，他的大学生活除了上课就是勤工俭学。

唯有勤工俭学，吴加富的大学生活才能支撑下去，而勤工俭学也确实让吴加富做到了自给自足。虽然他也想和同学们一样，肆意地挥洒青春，现实却不容他潇洒。他需要拼搏，需要奋斗，才能摆脱贫穷。就算生活费有了着落，可学费是靠助学贷款，助学贷款是要还的，他毕业时欠了学校一万多元的助学贷款，可他哪有钱还！还不出来，他的毕业证、学位证就拿不到。

在完成论文答辩、参加毕业典礼、吃完散伙饭后，眼看就要离开学校了。同学们将离别情绪互相渲染，有的忙着拍照，有的依依不舍地告别，有的忙着整理物品……毕业了，同学们忙着赶去参加一场又一场的人才招聘会，好在吴加富是定向委培生，毕业后不必找工作，就有既定单位。

2001年7月，读了四年大学的吴加富被分配在都江堰市农机局下属的林业机械厂。他提着行李从学校直接去了林机厂。走进厂区，一条马路直通厂子内部，马路边一路排着办公楼、宿舍区、食堂、浴室，然后就是车间，厂子环境似乎与吴加富印象里的工厂有些不一样。他被安排在技术开发部。他先了解了一下林业机械厂的生产内容，厂内主要生产用于林业的拖拉机、装载机、伐木锯，以及车削加工、机械加工等。

第一天上班没什么事，一位年约五十岁的老同事沏了一杯茶，走进来和他闲聊："要不要看看报纸？"

"哦，好吧。"吴加富看着报纸，心想，上班做啥呢？

第二天上班，老同事把部门的一些技术图纸、技术资料交给吴加富，让他做归档管理。吴加富做着，感觉有些无聊。

第三天上班，老同事继续让吴加富做些技术图纸、资料归档工作，然后和吴加富扯开了，老同事说道："我们这个部门的工作相对四平八稳些，工作速度不会像赶马，而是赶牛拉车。在这种地方上班，你发不了财但也饿不死。"

吴加富听着，心里却在嘀咕：我不想要这种能将一辈子看到底的工作，这不是我要的生活。

第四天上班，下周要开计划平衡协调会，吴加富向各车间一一打电话通知。

第五天上班，正好遇到发工资，吴加富虽然才来了一个星期，但属于下半个月，正好可以发半个月的工资。吴加富有些好奇自己到底可以领多少工资，他等待着。他赶到财务科领了工资，一看，

495.5元，一下子，他心都凉了。他在心里算了笔账，一个月光房租和伙食费，加起来就差不多一半没有了。他心里惦记着学校的一万多元助学贷款没有还掉，这一个月千把块钱，要到什么时候才能还清那笔贷款啊？

这么想着，他毅然转身走出单位，一溜烟地跑进人才市场。

走进人才市场，他才明白，没有大学毕业证、学位证，没有一家单位愿意相信他是四川工业学院的毕业生，谁都不肯给他工作。

反正也找不到工作，他干脆大胆地把自己的简历投到了一家外企——摩托罗拉公司。

一个名叫彼特的荷兰人接待了他。吴加富想，不管能不能被录取，争取一下总是要的。吴加富抬头，双眼直视蓝眼睛的彼特，用半生不熟的英语将实际情况告诉了差不多比他高一个头的彼特，自己学业优秀，拿过奖学金，可是家庭经济困难，自己靠勤工助学赚到了生活费，学费则是靠助学贷款。由于没有还掉贷款，现在还没有拿到毕业证书。不信，你可以去四川工业学院查一下。吴加富把自己的毕业证号背了出来，又把他毕业证号前面、后面的同学号码与姓名都背了出来。

吴加富诚恳地说着，彼特倒是相信，他忙唤来人事处的潘芸去查一下。很快，潘芸就查到了吴加富所说的都是事实。就这样，吴加富很顺利地被大名鼎鼎的摩托罗拉公司录取了。

吴加富回到林机厂，要辞职。人事部的总监惊讶地说："吴加富，你不要冲动，你要这样走的话，你连户口都拿不到啊。"

吴加富头也不回地说：“我钱都赚不到，要户口做什么呀？我出去打工了，不管了。”事实上，收入虽然是吴加富辞职的直接原因，但吴加富更向往与时代相融的创新型现代企业，而不愿意在论资排辈的企业里消磨日子。

户口曾经是城市与农村相互流动间隔的一道看不见的限制线，但从二十世纪九十年代开始，就越来越没用了。“只要能干，不要档案”，成为越来越多的企业和招聘人员的共识。年轻人就更不重视户口了。

吴加富就这样来到了摩托罗拉公司。吴加富的大学同学很是羡慕他能被外国大公司录取。他们不知道，摩托罗拉公司一直比较喜欢招用大学应届毕业生，与具有多年工作经验的人相比，刚刚走出校园的大学生往往缺少经验，但他们好学上进，个人的创新能力和可塑性都比较强。在选择新员工时，摩托罗拉有硬件和软件两个标准。硬件就是应聘者的学历背景，包括专业、主修课程、学习成绩、在校表现，有没有参加过实习、社会活动等。软件方面则看你是否具备潜在的能力，如学习能力、团队合作能力、应变能力、创新能力等。

吴加富大胆地说出了自己勤工俭学的情况，对注重实践的欧美人来讲，这就是参加过很多社会活动，其硬件达标；而他主动用英语沟通，虽然结结巴巴，但说清了事实，至少交谈没有让人误解，自己的想法别人也能正确理解，这说明他的英语能力基本过关，同时也反映出了他的应变能力；经查实，他所提供的信息准确无误，说明他够诚信；能够背出前后同学的毕业证号，说明这人心里不是只有自己，还有他人，那么他是具有团队精神的。

此后，吴加富在工作上简直像拧紧的发条一样。

第五章　职场拼搏

摩托罗拉公司是最早进入中国的外企之一。在大多数跨国公司进入中国市场之前，摩托罗拉就高瞻远瞩，在中国进行了投资。

现代管理学之父彼得·德鲁克有个“木桶原理”，讲到一个木桶无论有多高，它盛水的高度都取决于其中最低的那块木板。这形象的比喻告诉人们，构成组织的各个部分往往是优劣不齐的，而劣势部分常常决定整个组织的水平。在企业中，管理者们意识到，只要组织里有一名员工的能力很弱，就足以影响整个组织达成预期的目标。而要想提高每一个员工的竞争力，要将他们的力量有效地凝聚起来，最好的办法就是对员工进行教育和培训。员工培训实质上就是增大这一个个“木桶”的容量，增强企业的总体实力。摩托罗拉公司的上层深深懂得“木桶原理”，因而，在培训和研发上面非常舍得投入，并将其作为企业发展战略中重要的一部分，甚至设立了摩托罗拉大学（MU—Motorola University），专门为摩托罗拉各事业部、客户、员工及合作伙伴进行培训，提供“及时而准确的知识”。这套完整、先进的员工培训与培养系统，也形成了企业勇于创新、勇于承担风险的文化。

当时由于成都研发中心刚成立，公司决定把新招聘进来的吴加富等四位刚从学校毕业的本科生送到摩托罗拉荷兰分公司学习。这让吴加富开阔了国际视野，与其说是工作，不如说是他大学的后实习阶段。

在摩托罗拉荷兰公司，吴加富不仅了解了公司历史、规章制度、福利政策、企业文化等内容，还学习安卓系统特点、技术术语、产品知识、销售技巧等通用型的“融合培训”，学习将来作为一线主管必须具备的基本管理知识以及与生产相关的专业知识，如生产知识、生产管理知识、相关政策与法规并努力提高自己的生产计划能力、组织能力、沟通能力、激励能力、解决实际问题的能力等。培训的内容涵盖了管理、质量、工程、技术、文化、语言等方面。

一年的培训，让吴加富深深意识到培训对于一个企业有多重要。踌躇满志的吴加富等人培训回来后，成都的厂子还没有建好。于是，他们又被派去摩托罗拉在马来西亚的工厂工作。

在摩托罗拉马来西亚公司的研发中心工作半年后，吴加富再次回到成都，可计划没有变化快，成都的香港老总换成了一名印度籍的老总。这名老总从新加坡调过来，带来了一帮新加坡的下属，把吴加富他们原先定好的岗位都顶替掉了。按照合同约定，新人参加培训后必须为公司服务三年，不满三年要赔付公司违约金3.5万元；反之，公司如果不能提供相应岗位，也要赔付员工每人3.5万元。现在没有岗位，等于公司不需要这些人员，于是，摩托罗拉公司赔了吴加富等四人每人3.5万元。3.5万元啊！对吴加富来说，这是好大一笔钱！终于，他可以还清学校的欠款了。

上帝在关上一扇门的同时也会打开另一扇窗，这四个被无辜解聘的年轻人两个去了深圳，吴加富和另一位同事来到了上海。

吴加富觉得虽然在摩托罗拉公司工作的时间不长，但所接触到的东西让自己受益匪浅。外企不但工资待遇高，而且工作流程规范、科学、严格，在里面工作眼界开阔，让人有一种对不确定的未来的憧憬，个人的能力也能得到综合性提高。因此，他把应聘的单位锁定在制造业的外企大公司。

从二十世纪九十年代开始，跨国公司带着自身的品牌和技术优势，进入偌大中国市场，成为大学生求职时首选的明星单位。

2002年，吴加富因为有在摩托罗拉公司工作的背景，投到另一家大型外资企业S公司的简历很快就有了回应，通过面试，他顺利拿到了S公司的职位。

我们知道，2007年，摩托罗拉中国区业务彻底崩溃，S公司取代摩托罗拉，成为中国手机销售量最大的公司。当然，2002年吴加富从摩托罗拉公司到S集团时还不知道未来的这些变化，但从用人方面看，显而易见，S集团非常乐意招聘从摩托罗拉这种大公司出来的人。S集团自1995年成立中国总部以后，旗下众多品牌进驻中国市场，在中国设有166个机构，业务涉及电子、金融、重工业、化学、工程、服务等诸多领域。

吴加富加入的上海S公司是S公司电子类产品华东区的销售法人。和在摩托罗拉一样，“先培训，后分配”，吴加富参加了为期14天的入门教育，接受具有S公司特色的入职培训。至此，他发现大的外企公司都设有培训部门，S公司的企业培训是阶梯式呈现，另外还有网络教育、职务专家、全球领导力等多种培训课程。培训完，他进入到S公司上海分公司数码部，负责华东地区及部分华中地区销售网络的统合运营。

在这里，他负责B2B（Business To Business）行业客户的开拓，B2B是企业与企业之间通过互联网进行产品、服务及信息的交换，当时S公司已经在利用互联网进行产品的信息交换，撰写客户解决方案，制定应用解决方案；分析大客户的需求，制定行之有效的营销策略，并对行业市场信息收集与反馈进行汇总。在这些工作中，让吴加富印象最深的是对客户的整体解决方案，它不仅提供产品的销售，还提供相关的技术服务、维修保养服务、使用培训服务、金融保险服务等系列服务。吴加富觉得，从一项服务延伸到很多领域的服务，是服务的大合成，所带来的利益是多方面的。从方案的提供方来说，整合了资源，简化了客户流程，提高了效率，带来了更好的客户满意度与忠诚度，更重要的是建立了一种区隔性的竞争优势；而对于方案的接受者来说，一站式的解决方案节约了自己的时间，把所有问题一次性解决，更便捷、更高效也更省钱。

有人工作是为了领一份薪水，有人工作是为了在工作中学习。吴加富读高中时就经营过买卖，商业的种子从那时开始就种在了他心中，让他看待事物时会不由自主地去思考如何盈利。

在工作中，吴加富学到了很多销售技巧，他把S公司的企业发展或者说盈利的方式约略归纳成了几种战略：1. 组装战略，各供应商提供企业所生产的产品技术、设计和零部件，S公司仅仅是依样画葫芦地进行组装而已；2. 模仿创新战略，积极地通过各种渠道获取先进技术，同时，在公司内部大力开展对关键技术的消化、吸收和掌握，能够在模仿产品的基础上对产品的设计和零部件设计进行改进或创新；3. 紧跟技术领先者战略，用先进技术开发产品导入阶段的新产品，或者通过收购或合作，结成战略联盟，共享技术；4. 技术领先战略，引领尖端技术，用最先进技术开发全新产品，创造新的需求和新的高端市场。

这个归纳，拓宽了吴加富的创业思路，他发现，这样经营企业简直遍地是财富啊！他甚至有一种一个会游泳的人来到了大海，可以尽情驰骋的感觉。

然而，吴加富毕竟大学学的是机电一体化，他更希望到企业的生产领域去。当S公司在苏州建立了生产工厂时，他来到了苏州。

来到苏州S公司，吴加富被调入采购部，成为一名供应商管理工程师，职位升了一级，收入也高了。苏州虽然和上海相隔很近，但物价比上海低，特别是房价低了一大截。地处苏州工业园区的S公司为职工缴纳的住房公积金比例相对比较高。吴加富心想，这么高的公积金交着，不买房不划算，何况随着园区的发展，这园区的房价定会和上海的一样涨，购买园区的房子很保值。2004年，他果断在苏州工业园区购了套房子，20%的首付，80%贷款。

虽然还是在S公司，但从销售到采购，对吴加富来说，其实是一次转行。刚到苏州，吴加富担任外包备品备件一体化采购项目的采购经理，对于采购工作还不是很内行，对产品、市场和行情的了解也不深。就在这时，他接到一个重要的采购任务，寻找一家塑胶供应商，原本的供应商里，有一家由于某些原因已经退出了供应链，还有一家也即将退出，为了均衡整个供应链，必须再寻找一家优质厂商。

刚接到这个任务的时候，吴加富根本不清楚如何才能找到这么一家供应商，而且他对于产品的特性、搜寻的手段、谈判的技巧等，统统都不熟悉。上网发帖，加进采购群，不停地搜索，不断打电话，跑工厂去看……规模一般的不行，没有试验装置的不行，没有相关产品经验的不行，合作意愿不强的不行，不愿意投资的不行，现场管理不规范的不行……他不停地搜集资料，进行对比，去现场考察，动用了当时拥有的所有资源去做这件事情，终于筛选出几家可以进入审核的供应商。他又组织公司审核小组进行审核，锁定，询价，5个月后终于完成任务。这场战役一样的工作，吴加富全身心投入，他刚想要歇口气，可快过年了，吴加富深知供应商是生意人，没有订单，基本上是不会联系的，他想只有互相走动才能有更近的联系，他又开始拜访供应商，给供应商写感谢信。

都说采购就是买买买，被供应商的糖衣炮弹团团围着。可事实上，国际性采购的程序严谨，职责明确，有相应的流程要走。吴加富觉得职业发展之路要靠诚实守纪的责任心，因此他从不接受任何潜规则，不收受任何供应商的回扣。以公司利益为首要任务，帮助供应商，培养一家又一家良好的合作伙伴，是吴加富自己认定的工作职责。因此他认真对待每一家供应商，给他们提供专业知识的帮助、业务往来的方便，让供应商提供的物品得到S公司的认可，业务迅速成长。

随着工作的深入，吴加富越发认识到采购部门事实上是企业里唯一既懂流程又深入接触业务运营的部门，能够在业务部门和供应商之间起到很好的润滑剂和桥梁作用。他既要懂得自己公司内部的实际需求和采购流程，对品牌开发设计、成本控制等都有一定把握，同时也要深入了解供应商的工作模式和思考习惯，清楚了解到对方最关心的问题，他喜欢这份互利又共享的工作。在与人沟通中他慢慢形成了柔中带刚、条理清晰的特点，给人一种舒服、体贴的感觉，得到了供应商的广泛好评和公司领导的赞赏。同时，在和人的交往中，对人性的洞察也让他变得成熟起来。

第六章　辞职创业

2006年底，吴加富从S公司离职了。

吴加富决定辞职时，心里就打定了主意，要自己创办一家高科技公司，进行自动化设备加工。

他的这个决定不是盲目下的。

在S公司采购部几年，吴加富知道S公司规定所有自动化设备必须从韩国进口。他把控着整个公司的采购事项，经常深入了解商情、客情，以期创造最佳的采购业绩，因此他熟悉公司生产冰箱、空调、手机等家电所需的自动化设备的名称、型号、规格、单价、用途和产地；了解企业最重要和详细的花费数据，比如花了多少钱、买了些什么、找谁买的。当看到自动化生产线的进口价格和成本之间的差距竟如此之大时，吴加富被吓了一跳，这是什么利润啊！公司这又是什么规定啊？

S公司的规定最让他感到窝火的是，工厂不是在中国吗，不是要求在预算内尽量减少开支吗，可为什么不能买价格更为低廉的中国设备？既然是要采购部来检查所购设备是否符合质量要求，要求采购部全面负责，可设备出了问题，为什么只能请生产厂家的工程师从韩国过来维修？更为过分的是，不管是韩国企业，还是日本企业、德国企业，每一次设备发生故障，他们的工程师从出发的那一刻起，就开始按小时以美元为单位收费。更麻烦的是他们一定会拖时间，以各种理由拖延。凭啥呀？这个东西也没有那么难，他们至于那么牛吗？中国难道制造不出来吗？

这些想法和问题一直在他脑海里盘旋。从那时起，吴加富心里就暗暗做出了决定，我一定要做设备，要打破这种技术垄断！S公司的盈利点他悄悄看在眼里，埋藏在他心中的创业激情，一次又一次被点燃。

吴加富想到自己在S公司这几年，每天起早贪黑、疲惫不堪，一种无聊感和无意义感开始涌向心头，总觉得不能这样一辈子在企业里打工，必须干一番自己的事业才行。于是他开始思考如何改变现状。他一直想着小时候爸爸对自己说过的话，自己的事自己做，自己的主意自己拿。但是，你要提前想到最坏的结果，如果你觉得这个结果可以坦然接受，那就勇敢去做好了。人活着，最遗憾的就是一直后悔。在吴加富看来，人生只有一次，你有资格活成你想要的样子，害怕不成功而不敢做任何尝试，你连失败都不配拥有。

创业的冲动与渴望一直在吴加富心头萦绕，并越发强烈。对他来说，生命中发生的任何事情，到最后仿佛都集中指向赚钱这个中心。他很清楚，拖垮自己的，有时正是一份看似安稳的工作。他不想再给别人打工，他要做自己想做的事。

他一直在等待更合适的时间辞职，怎奈这份创业的激情在心中跳跃，让他非全心投入不可。2006年底，他终于下定决心，辞职！他知道，从此，他的人生又要从零开始。

他一边整理着办公室抽屉内的东西，一边在心里和S公司一一道别，忽然心中跳出一句话："道别等于死去，也等于新生。"

同事们得知吴加富要离职，纷纷过来围着他。

"吴课长，你辞职了干什么？"

"是不是要跳槽到哪家国际大公司？"

"辞职，不会是没休息够才要辞职吧？"

大家七嘴八舌地和他开着玩笑。

"我要自己创业。"吴加富认真地回答。

创业？几乎所有人都觉得他疯了。同事笑道："不会去对面公司卧底吧？"

"创业？你确定不是发神经？你想清楚了吗？自己创业，要接不上溜儿了怎么办？风险你考虑了吗？"采购部的老部长看着一副文弱书生模样的吴加富，由于长期共事，说话直截了当。

老部长知道采购工程师在采购部里是个技术职位，没有3年以上物资采购工作经验是做不来的，更何况吴加富做事细致，熟悉物资采购招投标程序和企业产品所需设备材料，具备采购物资的专业技术知识，更为难得的是他对公司绝对忠诚，在供应商中口碑相当好。所以，吴加富离职，他心里有些不舍。

"为什么呀？"同事们不解。

吴加富笑了笑，然后说了句大实话："我要赚钱。"

"哟，要当吴总啊。好啊，以后我们可有靠山了。"同事们又开起了玩笑。

同事们都知道，吴加富在S集团已是中层管理人员，年薪都达到30万元了，又在采购部这个让人眼红的部门，掌管着自动化设备订购的业务洽谈和对员工的专业知识培训，而且吴加富在2004年时已在苏州工业园区买了一套100平方米的房子。当他说出“我要赚钱”时，别人是不理解的，甚至觉得他在开玩笑。只有他自己才知道，赚钱对他意味着什么。还有，他心里一直有口气，就是要做出中国人自己的自动化设备来，这口“民族之气”，他没有说出来。

吴加富真诚地回答着老部长：“想好了，趁现在心劲儿还挺足，试试，大不了白干。如果公司开黄了，再找个工作也没有问题。就算彻底失败，我还能回四川老家种地。”

“别说这些个丧气话。真要创业成功了，你还认得我们吗？”老部长戏谑了吴加富一下。

“哈，我会回来请你们帮忙，共同致富。”吴加富调皮了一下。谁知，这样的情景在以后的日子里还真发生了。

企业初创篇

从大山深处走出来的吴加富心里一直有一个梦想，那就是，在四十岁前实现自己的创业梦想。于是，2006年底，在众人的不解和惊讶之中，吴加富辞去知名外企的高薪厚职，开启了自己的创业征程。他抵押婚房借来贷款，注册成立了苏州市富强科技有限公司。“富强”是他的另一个梦想，要自己富强，要自己的员工富强，要自己的家乡富强！

第一章　婚房抵押

吃散伙饭时，大伙和吴加富开着玩笑："悄悄地你走了，正如你悄悄地来，你递一递离职信，没带走一班属下。真不够意思！"

吴加富却富有情感而意味深长地说："六百多个日夜，凝聚了很多欢笑，怎么可能说忘就忘呢？我会记住你们的，虽然不一定经常联系，但遇见了，一定会想起共事的日子……我刚才在整理抽屉的时候还在想，每天上班、下班，看上去过得很随意，可是在点头、问候中，我们从原本的生疏变得熟悉，变成朋友。我会把这些都放在记忆的抽屉里，偶尔拿出来回味！将来有求于各位时，你们一定要有原则地帮我哦……"

想创业的内在驱动，使得吴加富一直把职场工作当作个人创业的训练场。所以，不管做什么工作，他都认真努力，对他来说，这一切都是在学习，都是在准备，都是在为自己工作。

吴加富早就认识到"模仿战略"是一种很好的起步。大学学习的机电一体化，让他对自动化行业有着非常大的憧憬，最为关键的是，在S公司做采购的这几年，他负责实现整条原装生产线的设备在中国的运用，主要是一些机械和电气设备，让他精准地看到自动化行业的发展前景和配件市场的巨大。他深深懂得，配件看上去很小，却是融入了巨头们的供应链，让企业最核心的竞争力——产品与这些制造业巨头们分不开。因此，他将目标也定位于做配件。

理想是丰满的，现实却非常骨感。真要创办自己的企业，需要一个十分重要的东西——资金。没有启动资金，一切都是白日梦。且不说后期生产需要的原材料费用、水电费、销售费用、管理费用、税金等，光前期的投资，诸如租办公场地、买设备、招聘员工，这些费用加起来也不在少数，钱从何而来？

吴加富的创业梦还没开始，便遇到了巨大的障碍。没有启动资金，挡住了多少人成功的道路。吴加富来自农村，没有家族可以依靠，一切只能靠自己。他开始求助于各大银行，可银行一看他是白手起家，就都把他推到门外。在这个过程中，他深深意识到小企业要成长，要借贷，真的是困难重重。世上没有救世主，改变命运只能靠自己。银行向他指出了一条路——抵押贷款。吴加富盘点自己的财产，发现可以用来抵押的只有房子。而这是他的婚房。没办法，他只能孤注一掷。他拿出了自己工作以来的所有积蓄10万元，又以房子做抵押向银行贷款，贷到了40万元。

这其实是一场破釜沉舟式的创业。

准备了七八年的吴加富终于站到了起飞的地点。

万事开头难。吴加富不怕。他清楚知道自己的短板是缺资金，也知道自己的长板在于多年工作累积下来的人脉与资源，还有他的信心与智慧。

吴加富通过朋友找到苏州高新区狮山工业廊，希望租到厂房。

苏州高新区是最早设立的国家级开发区之一，与苏州古城紧隔着一条运河，是与古城共处一地又独具风格的新都市；自1992年成立以来，在“发展高科技，实现产业化”的目标推动下，仅三四年时间，就吸引了300多家外企落户，总投资达30多亿美元，到2007年时，已发展成一座国际化、现代化的新城区，在现代产业、出口加工、内外资聚集方面呈现出强劲态势。吴加富曾听到一些外国企业家这样评价苏州高新区，在那里办企业，获得的将是生命质量与经济效益的双重收获。狮山工业廊的招商人员深深意识到，一个城市的发展，人们的心态特别重要，尤其是外来企业家，如果能让他们感到自己是这块土地上的主人，那么，他们的创业就会更加积极。因此，他们处处用真诚的服务去打动客户，从租房开始，到注册，再到挂牌，都力求给到客户全方位的优质服务，在房租上也给予优惠，只希望企业得以长久发展。吴加富租了6号厂房近2000平方米的厂房，注册了富强科技。

这个时候，他忽然很感谢父亲，父亲给他取名“加富”，给弟弟取名“加强”，两个人的名字合在一起，正好是“富强”。能够把弟弟的名字也嵌入，这让他从内心里感到喜悦，吴加富追求的是让自己和身边的亲人、朋友都能富强。

他有个愿景，不仅希望自己富强起来，也希望自己的员工富强起来，希望家乡富强起来，希望中国富强起来。

第二章　第一桶金

读大学时，吴加富学过机械制造设计、自动化控制、材料科学、计算机软件编程等，当时就一直听老师讲，将来最有前途、最能赚钱的专业是新能源汽车制造业、计算机芯片制造业、飞机制造业、机器人制造业、手机制造业、电脑制造业；把传统的制造过程变成数字化或信息化的控制过程，是国际上工业自动化发展的一个趋势，自动化领域有两大课题——机器人和现代集成制造系统。幸运的是这些年他选择的工作一直在这些自动化领域，在S公司，他目睹了工业机器人和集成自动化的广泛运用。

吴加富看到过很多制造企业生产的产品技术含量偏低，价格也就被压得很低。他心中的富强科技公司是高科技企业，必定是以智慧为最终落脚点的，而智慧以知识为前锋。他要做的是高起点、高技术含量的公司，他很清楚一个企业一旦拥有了一项新技术，就等于牢牢掌握了市场话语权和市场主导权，就会在市场上获取巨大的经济效益。

吴加富注意到，笔记本、手机、平板电脑的外壳采用合金与工程塑料结合，为了实现无间隙和扁、平、薄的外观特点，屏幕跟机子结合的地方都运用点胶。我国传统市场上的点胶依靠人工，不仅用时长、胶水的使用不可控，同时也缺乏精准度。而高端制造业中没有人工点胶，不是机器点胶的设备都不用，像手机、笔记本电脑等设备点胶若有瑕疵，就报废了。电子制造行业中高精密的机器点胶精确定位，精准控胶，不拉丝，不漏胶，不滴胶，保持质量连贯性。他判断，随着手机、笔记本电脑的广泛运用，智能点胶设备具有可观的市场空间和广泛的发展前景。

在S公司工作时，吴加富一直听到员工们反映，这个点胶机设备并不复杂，关键是胶水质量和点胶工艺，出现问题修复也较容易。可是，S公司只使用韩国生产的智能点胶机。他想，应该是国产智能点胶机还很少吧？作为采购员，他很轻易地了解到了国产自动精密点胶机确实很少。韩国人能做出来的东西，中国人凭啥就做不出来？我为什么不生产自动点胶机呢？

吴加富在众多的自动化设备中首先瞄准了自动点胶设备。那么，点胶机该如何生产？

吴加富除了学识、信心与胆量，什么都没有。对于自动点胶机，他使出了最笨的一招——有样学样。最低的成本是“弯道超车”，切半径直奔国际上的先进技术。他买来一台韩国的二手智能点胶机，然后就是拆！拆！拆！拆完后，他把所有的零件进行测量、分解、检测，从材料构成到工艺流程，一点一点研究，再装！装！装！组装回原来的机器。点胶机看上去很复杂，但拆解下来后，你会发现并没有难到无法仿制的地步。

智能点胶机属于简单的智能机器人，智能设备往往有本体和控制器。不同产品的点胶都有相对应的固定胶路，胶路是经过数学验算以及实验测试效果达到要求后确定的，所以这是自动点胶机的核心部位。从S公司出来的吴加富，自然知道S公司最需要什么样的点胶机。虽然，他的仿制有些“山寨”，但他的高明之处就在于找出别人的缺点并加以改进，点胶阀他直接购买了德国生产的高速射喷点胶阀，又改变了其中核心控制器的部分，这样就没有人可以说他的点胶机是抄袭的了。

模仿绝对不是抄袭，而是兼收并蓄，然后加以创造性地发挥，最后才能赶超世界上最先进的产品。富强科技的技术人员编写了只属于自己的软件。核心技术的突破，是关键性突破。

核心技术完成，标志着可以生产。试运行时，点胶机在预先编好的程序下，通过示教盒操作系统，自由地点胶。细如发丝、快如流水，机械针手像鸡啄米一样飞快地上下点头，仅仅一分钟，就自动精准地完成了点胶，每个点位的胶水都均匀细密。点完之后点胶位又迅速回到自己的初始位置。吴加富看着富强科技靠着“简单+粗暴”的方式制成的第一台自动化设备，感觉离梦想近了，内心闪过一丝欣慰。

现在，这个曾经的S公司采购员作为供应商回到了S公司。S公司原则上只肯引进韩国的产品，这一点吴加富自然知道，但他要搏一搏。

吴加富找到原先熟悉的采购部部长，对他说：“部长，跟你说个事。”

部长一看离职自己创业的吴加富来了，很是开心，然而看到他一本正经的样子，笑了笑，说道："还挺严肃，啥事？说吧！"

"部长，我们富强科技自己设计、生产了智能点胶机，我想让你们采用我的点胶机。我知道，你们只用韩国的点胶机，但是，我的点胶机只要韩国点胶机一半的价格，40万元，性能各方面不比韩国点胶机差。你看，行吗？"吴加富用殷切的目光看着部长。

部长吃了一惊，感叹道："吴加富，真没想到你的富强科技默默生产了智能点胶机，真有你的！可是，这样做是否有些明目张胆地挖韩国人的墙角？"

"部长，我的价格是韩国点胶机的一半啊。你想想，你用我的产品，性能各方面都和韩国机子差不多，而价格便宜那么多，你是在为公司节约成本啊！这不算是挖墙脚吧？这是正当竞争。何况我们公司就在苏州，服务响应快，机子出了问题两小时就可以来维修。"吴加富继续争取着。

部长了解吴加富为人实在，做事不会虚头巴脑的，就答应先试用他的智能点胶机。

一炮打响。

富强科技备受鼓舞，士气大增，当年点胶机单机生产产值就达六七百万元元。

然而，吴加富心里清楚，借鉴、仿制，终究没有创新的灵魂，也降低了企业开发新技术、新应用的热情，这只是企业刚起步时的权宜之计，不是他想要的。既然投身自动化设备行业，为了长远发展，还是要加强研发，从研发中得到长久、稳定的利益。

在自动化行业，没有一招鲜的，只有不断创新。此后，吴加富从单一智能点胶机开始，由点到线，研发出视觉智能点胶系统、高精密非接触喷射点胶等一系列新技术，智能化水平越来越高，其中新型智能手表点胶组装设备被国家科技部认定为高新技术产品。

第三章　试试又没有关系

从为S公司做配套智能点胶机开始，吴加富逐渐认识到富强科技拥有的产品其实是技术，那么，必须走一条以技术为先导的营销模式，盯着市场搞研发，以技术创新为驱动，依据客户的工艺流程需求开发产品，围绕客户的问题提出解决方案，再回到富强科技研发设计，从产品的构思到方案、建模、出图、加工、组装、调试，最后为客户安装应用，形成独立自主的“两头在内、中间在外”的经营模式。基于此，富强科技开始了制造以用户定制的、唯一的、非市场流通的自动化系统集成设备——非标自动化设备。

搞技术出身的人就是这样，优点是实在，缺点是太实在，但实在一旦被认可就成为信赖，就成为资源和优势。从小的山村生活造就了吴加富身上的这份实在，交给他的活，他要么不做，要做必定认真完成。讲信誉，使得凡是和吴加富打过交道的人都会再次想到他和他的富强科技，“回头率”超高。原来和吴加富同在S公司共事的同事们，有的跳槽去了华为公司，有的去了博世汽车，有的去了全球知名的手机厂商，他们在采购零部件的时候也都会把富强科技带进自己的供应链中。这让吴加富很是感动。这些老同事也如当初吴加富做采购时一样，不拿他这个供应商一分钱回扣，纯粹以产品说话。这也更加促进吴加富信守承诺。

只是，富强科技排在那些大公司特别是全球知名的手机厂商供应商中的最后一名。事实上，那些大公司根本就没有把富强科技放在眼里。

确实，要做全球知名手机厂商的供应商，不是那么容易的。刚开始，富强科技根本适应不了他们的节奏。富强科技很小，但是得服从那些大公司整个超快速的节奏。众所周知，这家厂商的执行董事（CEO），如果看到团队里谁的项目两个星期没有进展，立马会向相关负责人咆哮。他认为自己是在用工作改变世界，也因此要求整个公司所有人都保持步调一致，久而久之就形成了雷厉风行的风格。他们对产品细节和出货速度都有着严格要求，同样地，他们也会要求全部的供应商执行这个标准。一有需要，马上就压供应商，缩短交货时间。倘若普通的设备正常需要三四个月完成，那他们可能很变态地要求三周完成。

然而，正是这样的高要求，训练出了富强科技作为供应商的非典型性能力，一方面他们承受着这家公司的高强度管理，另一方面也开始了对速度的自我严格要求，制造能力得以迅速提升。

富强科技在给一家大企业做笔记本电脑ABC件、壳子、盖子、底座等零部件的时候，了解到他们即将推出的新键盘进行了颠覆性改革。普通的笔记本电脑键盘下面是弹簧加顶升的结构，但这种新键盘运用仿生学的创新思维，采用了“蝴蝶飞”的模式，你手按下去，键盘张开，当你抬起手时，键盘就自动弹起来，这样的键盘按起来手感非常舒服。这就要求键盘的注塑件精度达到正负0.015。键盘进行了创新，那么键盘的检测设备也要做出改变。要在手运动的时候进行动态检测，意味着键盘检测设备的注塑件精度要提高十倍，达到正负0.0015。这实在是非常大的挑战！

吴加富看到后说："你们把这个案子所有的检测件都交给我们富强科技来做吧。"

当时，这家公司高层的一位印度人听到后，不屑一顾地在办公室里大声对着所有美国人说："中国的富强科技要做这个案子？中国人要做？这怎么可能？他们能做出来吗？"随即，大家哄笑起来。

哄笑声中，吴加富不急不躁、积柔成刚地争取道："你让我试试又没关系。反正失败了你也不给钱，你没什么损失；成功了，对你也是一个帮助啊。让我来做吧。"

印度高管不相信中国人能做出这样精密的检测件来，他看笑话一样地默许了。

这真是一个自讨苦吃的活！

但是，吴加富承诺给客户的案子，再棘手，即便花再大的代价，他都要做出来！民族自尊心和他不服输的倔强性格一块儿上来了，干，绝不含糊！吴加富知道，这不仅仅是一个项目，更是一个机会，一个打开世界认可中国人可以做精密测试的突破口。

接下来，就是攻关。注塑件精度达到正负0.0015，这几乎是目前注塑件的极限。然而吴加富带领他的团队，没有被困难吓退。因为完全是创新的内容，他们先做方案，借鉴了国内外的很多办法，与中科院研究所合作，在注射速度、注射压力、计量精度等算法上请教了很多博士研究生；在保压时间、模具温度上反复测试；在样机的打磨上如何顶出、如何导向，来来回回做了很多的试验工作，模具履历表高达一米多，甚至样机都更新了五六代。

检测键盘样机定型后，他们又进驻为这家企业生产键盘的厂家苏州绿的谐波公司对键盘进行实际检测。在这个过程中，吴加富天天盯在现场，与绿的公司的工程师们探讨、研究、商量，从哪个方向去测？怎么去测？遇到问题怎么改？数据不好怎么分析？他们一次次采用三维建模、运动仿真、参数化设计等开发技术，来确定产品结构最优化方案。

一年半后，终于，所有的苦都化成了财富，富强科技做出了这个蝴蝶键盘检测设备，设计理念先进，做出来的数据，让挑剔的美国人很是吃惊。

那个先前笑话过富强科技的印度人一看就服气了，再不敢小觑富强科技，特地飞到中国，请吴加富的团队吃饭。席间，他检讨一般地说："别人都害怕改变，唯有中国人要自己揽下这个痛苦的活。而且还制造出来了，中国人真是太厉害了！"

吴加富想起彼得·德鲁克说的话，"企业家将变化视为健康的标准"，于是，笑着回答："中国有本书叫《周易》，讲的就是变化的规律。拥抱变化，所经历的一切，注定将在未来闪光。"

印度高管曾经听派驻的工程师说，富强科技的老总天天在现场，事事参与，他意识到这是家孜孜以求、严格把控、对细节完美追求的公司，具备他们所需要的那种供应商品质——高效率、高强度。

印度高管对吴加富刮目相看，高度赞扬了富强科技，用手势比画着说:“你原来在我们的检测供应商中根本就排不上号,是末位的……”说到这,他跷了跷小拇指,紧接着,他缩下小拇指,手腕一翻,竖起了大拇指,说:“现在,你是这个,是第一的。”

吴加富心中涌起一种苦尽甘来的感动。

富强科技做的每款产品,几乎都是个性化定制,都有着不同变化。勇于变化,其实是种敞开胸怀、居高临下的格局,变化过程中所经历的每一步艰难与承受的委屈,都将沉淀为企业向上的阶梯,都将让企业在新的高度笑傲江湖。

在吴加富的办公室里,沙发边放着一尊白色的毛泽东雕像。毛泽东逝世那年,吴加富还没有出生。但是,他心里非常崇拜毛泽东。吴加富认为,毛泽东的一生中,始终有一股子天不怕地不怕的劲头,而这正是他战胜对手、战胜困难的法宝。在参与国际公司的自动化制造中,吴加富确切地感到,任何不信任、轻视都不是坏事,有时反倒是种激励,让你勇于翻越技术壁垒,让中国人在世界上昂起制造技术的头颅。这才是真正的痛快!

第四章　接下4.5亿元大单

吴加富的实诚，从生活到做企业，一以贯之。对待客户，他做不到的就明确告诉对方，我完成不了；能做到的，一定让对方满意；答应客人的每一件事情，他都会做到，并且做得比你想象中还要好。这样的工作风格渐渐也成了富强科技的风格。

富强科技完成的这单蝴蝶键盘检测设备，让大家看到了富强科技攻坚克难的技术水平，也使富强科技开始在业界崭露头角。

这家手机厂商真的是家革命性的企业。他们又要开发新一代的穿戴设备——智能手表。新开发的智能手表的生产对外界守口如瓶，只有等到上市前夕才会告诉你它真的存在，特别是专注于生物追踪功能、通过计步器和心率计等传感器帮助用户追踪健康和运动状况等新功能，都是保密级的，不能提前亮相。因此，它需要一家低调而不为外界熟知、技术能力又强的企业来提供组装线。他们深知吴加富淳朴、信守诺言的为人和富强科技出色的技术实力，便问吴加富愿不愿接他们组装生产线的单子。

能为引领科技潮流的顶尖科技公司做生产组装线，在业界被视为对自己制造能力的认可，意味着富强科技跨越了一步。机会在前，怎能不要？

富强科技拿下了这家公司4.5亿元的大单。

可是，拿到这样大的单子，麻烦也跟着来了。

2007年才成立的富强科技是个轻资产的公司，他们依托研发能力、创新能力、整合能力等智力资本，在现代制造自动化行业中以小博大，换句话说，他们只有一堆人，一堆工程师，除此之外什么都没有，连所有的厂房都是租的。当4.5亿元的大单子下来的时候，吴加富一算，企业成立至今，才五年多，虽然从2010年开始，业绩每年呈几何倍数增长，2011年做到五六千万元，2012年1亿多元，可眼下这4.5亿元的单子，硬件成本、人力成本，怎么也要垫资2亿元。富强科技哪有这么多的周转基金？

脱离了个人贫穷的吴加富，怎么也没想到成功办厂之后居然一直在满世界找钱！

富强科技看上去业绩每年都在大幅增长，但每年都有种种垫资，资金的压力一直挺大。2011年，富强科技向狮山工业廊介绍的小贷公司借了1200万元；2012年，苏州蒂思拓自动控制有限公司的王书庆说他可以拿2500万元出来做战略投资，投入富强科技，稀释了吴加富的股份，成为富强科技的大股东。

可眼下王书庆说，虽然他名下有好几家公司，每年业绩都不错，可他也没有那么多钱可以拿出来垫。

王书庆和吴加富是忘年之交。

认识王书庆时，吴加富还在S公司做采购，王书庆的妻子冯芳是S公司THT精密主轴轴承供应商，与吴加富有业务上的往来。冯芳觉得吴加富这个人真诚实在，王书庆一定会喜欢，就想介绍他们认识，于是找了个时间把他们约在一起。谁知这一相见，两杯三盏淡酒，吴加富和王书庆两人相见恨晚，他们从行业发展聊到市场环境，从产品走向聊到研发新品，他们发现，两人所思所想是那么接近。王书庆眼里，吴加富年轻，有知识，有远见，为人朴实，让人信赖；吴加富眼里，王书庆这个山东汉子重名轻利讲义气，豪爽直率，让人信服。一顿饭后，两人成了知心朋友，心里都在想着，如何利用新结识的朋友，实现新的投资理想。

当吴加富从S公司离职、创立富强科技时，王书庆就积极参与，给吴加富牵线搭桥，提供了很多帮助。2010年，两人还一起成立了苏州聚天合金属科技有限公司，吴加富占25%的股份，剩下的王书庆持有。

眼下，富强科技的积累最多只拿得出3000万元，虽然也是一笔不小的资金了，可对于4.5亿元来说，实在是杯水车薪。其余的钱，到哪里去找？

吴加富的两只手，一只手抓研发，另一只手就是到各大银行去找钱。只有找到钱，才能把项目完成。

吴加富到处托关系，跑银行，每天抱着希望去银行，又失望而归。吴加富差不多把苏州的银行跑了个遍，但每家银行都给出了相同的答复——爱莫能助。民营企业的身份，收益的未知性，抵押物的缺乏，注定了富强科技从银行贷到款的可能性几乎为零。

到手的“鸭子”要飞？搞不好会导致整个富强科技跟着沉没，这无论如何不是吴加富愿意看到的。在他看来，现在不是钱的问题，而是会不会辜负别人的信任的问题。给你4.5亿元的单，是信任！他可以不赚一分钱，但不能失去信用。贷不到款，无法开展工作，吴加富精神压力大到头发一把把脱落。

吴加富的困难，苏州高新区狮山工业廊的招商人员都知道，他们也为他着急，到处帮他介绍银行，国有银行行不通，那股份制银行是否灵活一点？他们把苏州高新区浦发银行的陈行长介绍给了吴加富。

陈行长看上去不到50岁，两眼炯炯有神，声音清晰有力，思维细密严谨。一见到他，不知怎的，吴加富就有种面对长者的亲切感。吴加富请陈行长到富强科技来参观，给他看富强科技生产的产品，介绍富强科技发展的状况，讲到目前的困境在于接了家世界顶级知名手机公司一个"蛇吞象"一样的项目订单。吴加富的诚恳、真挚，让陈行长觉得眼前这个年轻的企业家实诚、向上、积极、刻苦，有一股子冲劲，他略微顿了顿，表态道："大家都说银行嫌贫爱富，可我觉得它更是嫌愚爱智、嫌拙爱巧。我看你们富强科技规模虽然不大，但经营状况良好，发展有潜力。吴加富，你的经营思路对头，我同意你们用订单做抵押，给你放贷3500万元！"显然这话是深思熟虑过的。

雪中送炭！这真是个振奋人心的好消息。

可是这个时候，富强科技还在校样，上游公司根本没有给他下订单呢。订单都是系统下的，两个企业之间只有一个框架协议。

陈行长是个颇有情怀的人，在多年与企业的接触中，他敏锐地意识到对于实体经济来说，企业家身上的实干精神是支撑实体经济的支柱，而吴加富身上就有这种实干精神，他的富强科技一定能从众多制造企业中脱颖而出。陈行长是铁了心要帮助这家成长良好的小企业。他同意就用框架协议作为担保，给吴加富批了3500万元的贷款。

吴加富非常感激浦发银行，可陈行长却说："银行看企业无非看历史和优势，以此来判断企业的未来，另外，还要看企业家是个什么样的人。"吴加富却由此想到了人生，道理其实一样，写好自己的历史，提升自己的能力，自然有人会为你投资。

精通金融的陈行长知道，富强科技这样的企业，银行不太可能给它贷2亿元，它还是缺钱，它最好的前景应该是融资。可是富强科技不可能在短时间内上市，那么，如果让人收购注入资金呢？银行其实是个投资和融资信息相对丰富的地方，热心的陈行长甘做鹊桥，他开始留意那些融资后需要投资的企业。

吴加富虽然有了银行3500万元的借贷，可是，两个月就给"烧"没了。富强科技仍然没钱！怎么办？4.5亿元的大单怎么完成？

第五章 “卖了自己”

厚道的人，运气终不会差。

就在这时，陈行长想起了苏州胜利精密制造科技股份有限公司董事长高玉根。他有意促成他们之间的“联姻”。

苏州胜利精密制造科技股份有限公司是国内产销规模大、研发能力强的专业精密结构模组制造服务商，主要从事精密结构模组的研发、设计、生产和后续改进等全流程服务，产品规格齐全，主要产品包括精密金属结构件、精密塑胶结构件、精密模具等。2010年胜利精密在深圳交易所上市，融资20亿元，正愁钱要怎么用，该如何投资呢。

胜利精密高董听到陈行长的介绍后，很想马上见到吴加富。他一直在寻找“好人、好事”，就是“人靠谱，事儿有戏，历史清白，财务干净，价格合理，退出可期”的一家企业。现在，得来全不费功夫，在苏州高新区，就有这样一家企业，默默地存在着，而且正等着资金融入。这真是天时、地利、人和，再好不过了。于是，他主动约了吴加富，表示想参观他的企业。

见到吴加富，高董一眼就觉得这个年轻老板身上低调和谦虚的气质，非同一般，吴加富的一双眼睛透出做实事的坚韧与执着。如果不与之交流，旁人很难想象吴加富竟带领着一个高科技企业，唯有交流时说到某个特定词他会夹杂着某个英文单词，才让人意识到他从事的是与国际接轨的制造工作，这让高董顿生好感。

参观的过程中，说到自己的工作领域，吴加富侃侃而谈，讲出了自动化制造中的不少门道。随后，他又讲到目前的项目所遇到的困境，精明的高董感觉自己就像进深山打猎，获取了猎物一样，心里很振奋。他和陈行长一样，敏锐地感觉到眼前的富强科技绝对是个优质资产，这家集设计、研发、生产制造、销售和服务于一体的技术驱动型企业，致力于生产的非标自动化设备、高精密检测设备、工业视觉系统等，这些不正是最有前途的领域吗？这正是自己想找的优质资产啊！收购，必须全面收购！在原来主营的单一的精密制造基础上增加智能制造，对胜利精密绝对是种提升，不仅壮大自身规模，也拓宽了“跑道”，增加了潜力，甚至插上了翅膀。这种布局无论如何都是一种有利行为。

于是，高董坦诚地跟吴加富开门见山：“你正缺钱，那就让我注入资本，全资收购你的公司，让它成为我们的子公司。你看可以吗？如果可以，你就开个价吧。”

这真是喜从天降！

为找钱，吴加富焦虑得一夜一夜地睡不着，而现在有人主动找上门，说愿意投钱。这前后不到24小时，变化太快了！那一刻，吴加富激动得都想流泪了。真是太不容易了！

吴加富觉得胜利精密简直是自己的救命稻草，他要紧紧攥住。

可一想到自己一手建立的公司要被全资收购，他又有些不舍得，这是把自己“卖”了呀。理性与感性在他内心斗争着，公司现在需要资金支持，银行能贷的都贷了，还缺那么大的款项，如果被上市公司收购，简直就是柳暗花明。上市公司是个良好的融资平台，由于流动性溢价的存在，可以以较低的融资成本获得权益资本。不想被收购，是因为这几年自己为公司付出了全部心血，实在是不舍得。富强科技就像他的孩子一样，他精心养育着。但从公司的发展前程来说，最好的办法是被全资收购。他反复权衡着。他想起自己一次又一次地从零开始，一次比一次好，那这次又有什么不舍得的呢？人的一生，免不了要“拿起来”“放下”“拿起来”再“放下”。而适时“放下”有时会立刻拥有新机会，可能会得到更多。很快，他的理智说服了自己的情感，基本上认可了全资收购这件事。关键是要价多少，他估价不出。他只得推延：“这样吧，我再和其他股东们商量一下。”

高董走后，他马上电话邀约了王书庆，一起商量。王书庆第一反应是，这靠谱吗？不要是民间借贷啊！

吴加富跟他解释道：“这是资本运作。胜利精密是上市公司，没有资金安全问题，可以放心。”接着，吴加富继续问：“王总，你说我们公司值多少钱呢？他们如果要收购的话。”

王书庆心想，从这些年的发展情况来看，富强科技值1亿元，再加上现在有4亿元的订单，5亿元可以了吧？

可是，吴加富心里想的不是这些过去式以及正在进行式，他想的是未来式，他想，我们手里拥有的是技术，企业还在高速成长，它还会有多少订单呢？随着公司的发展绝对不止5亿元，行业空间是极其巨大的。还有那些看不见的投入，比如精力的投入，那也是钱啊。

他掏心窝地说："其实这几年，我心里已经对富强科技有个构想，我为它制定了'技术创业，资本运营，全球布局'的三步发展规划，但没想到，资本运营来得这么快，还是由订单倒逼着来的。我想，一年有4亿元的订单，那三年就应开价12亿元。"

王书庆被吓了一跳，心直口快地说："人家不会觉得你狮子大开口吗？"

吴加富笑着说："反正是要还价的，说得少也是要被还价的，那还不如往多里说。再说，富强科技还有往后的发展空间呢。"这个时候的吴加富已经不是初出茅庐，而是在商海里滚过五六年了。

价格有了，还有如何收购的问题，是现金收购还是股权收购或者现金+股权？

经过几轮谈判后，胜利精密最终确定以9.6亿元全资收购富强科技。吴加富提出，希望公司能保留"富强科技"的名字，最多在前面冠以"胜利"二字。

高董也非常坦率地提到，目前无法对富强科技现实的价值置评，干脆搁置，签个对赌协议，进行"业绩承诺"，对未来可能实现的效益设定具体目标，三年内第一年净利润要贡献1亿元，第二年贡献1.2亿元，第三年贡献1.44亿元。若未能达成目标，说明我们对富强的估值过高，那么富强科技就应按照约定进行现金补偿或者回购投资方的股份；若超过预期，说明估值过低，胜利精密应给予富强科技相应奖励。

吴加富认可了，并慎重地签下了对赌条约。

4.5亿元的资金缺口终于填上了。而富强科技也成了胜利智能—富强科技。

好吧，胜利和富强，是两个多么有正能量的词，让它们一同出现在企业的前面吧，让我们走向胜利、走向富强吧！果然，当胜利精密对外发布这个并购消息时，很多财经网发出了《胜利精密：牵手富强科技，深度布局新兴产业》的网文，胜利精密的股票一下子翻了上去，创出新高，股民们纷纷看好。

双方正式签下协议后，大家来到饭桌上举杯庆祝，吴加富想到自己一路走来的辛苦，笑着自嘲：“这一签约，终于又把自己折腾到零，但也终于可以回去睡个踏实觉了。”

话音刚落，胜利精密的高董端起酒杯，高声自嘲道：“啥叫折腾？把有限的精力投入无限，就是折腾。从无到有，穷折腾；从小到大，富折腾。我这才是一直在折腾啊！不过，吴加富，把你折腾进来，我们就是从胜利走向富强啊！”

吴加富敬了高董一杯酒，感激地说：“谢谢高董！否则我真不知道还要熬到什么时候呢。”

“吴加富，跟你说句实话，投项目就是投人，企业老板特别重要。项目投错了不可怕，可怕的是遇人不淑，遇到了一个没有干劲儿的团队，扛不住压力的老板，那就可能会让你输得底裤都没有。我的眼睛不瞎，投你，决不会选错人！感谢你，让我们胜利精密更加强大。”

听着这些话，吴加富十分感动。这一路走来，他遇到了多少生命中的贵人啊！父亲、初高中时期的同学们、教育局那位帮忙的科长、马正飞的父亲、王书庆、陈行长、高董，还有那么多采购员和供应商。他朗声说道：“我们的老王，一年做一亿多元，做了十年，也没有那么多钱。我之前还疯了一般到处找钱，现在突然就有了那么多钱。高董，你让我觉得像是在梦里啊！感谢您，我一定不懈怠，把承诺的对赌条款一个不走样地完成，三年一定超额完成任务！”

事实上，三年超额完成了1.06亿元，当初设定的12亿元还真是低估了很多。

第六章 攻坚硬战

吴加富只好好睡了一个晚上。

富强科技满世界找钱时，突然遇到了胜利精密，被全资收购，钱有了。可是，问题又来了，半年内，要交出一两千台机子，胜利智能—富强科技从来没有接到过这么大的单子啊！胜利智能—富强科技的生产跟不上啊！半年，六个月，这么短的时间，如何交货？

智能手表的生产组装线对设备精度要求极高，具有很高的技术创新，就算自己能一一攻克难关，可生产也是一个大问题，以公司现在的生产能力，是无论如何完成不了这个任务的。

现在，吴加富急的是生产了。他需要人，需要大批人！不管是工程师还是技术人员或者熟悉车、钳、铣、刨、磨的机加工师傅。

与此同时，这家顶级公司派驻的采购技术人员来到胜利智能—富强科技，监督生产流程，同时了解他的供应商——胜利智能—富强科技的员工以及员工们的技能水平，察看胜利智能—富强科技是否有能力生产出高质量的产品并按时完成订单。在选择供应商时，他们重点评估质量、技术能力和供应商的领导能力以及增长潜力，其中有个核心策略就是扶持弱小、相互制衡。他们选中了胜利智能—富强科技，本质上是认可胜利智能—富强科技的技术能力，然而，他们没有料到胜利智能—富强科技规模这么小。采购人员看到工厂规模并不大、人员也不多时，便百般质疑，甚至希望胜利智能—富强科技把设计稿拿出来给叫图德的美国公司去做。

吴加富一听，再好的脾气也忍不住了，这怎么可以？他意识到平时总是待人以礼的做法已是不行了，所谓“小胜靠力，中胜靠智，大胜靠德，全胜靠道”，大道乃集德、智、力之大成。现在他就要勇敢地捍卫领地，绝不服软，这是“道”的体现。当然，他十分清楚，“生死牌”不在对方手里，而是攥在自己手里。

吴加富据理力争：“如果我做不好，你们可以说，现在还没有做，你凭什么说我做不好？拿我的设计稿给别人？这算什么？这是对我们的轻蔑和歧视！你对我个人怎么都行，你可以不尊重我，但不能看不起我的团队；你可以看不上我这个人，但你必须尊重我们的能力！”

那个采购人员只好打消了自己的想法。虽然对外这样说，但吴加富知道，人家说得也有一定的道理，对内他发狠一般地拼了！

一方面，他广招人才，自动化工程师、机械设计工程师、软件工程师、电气工程师、工艺工程师、项目工程师……只要是自动化领域的技术人才，他都网罗过来，并且鼓励相互推荐，只要愿意来，不管开出多高的价格他都要。原先和他一起在S公司工作的不少人就这样被他请到了胜利智能—富强科技，他甚至把最早招他进摩托罗拉公司的人力资源助理潘芸也招了过来。正是用人之际，吴加富扩大了招人计划，提供优厚的待遇，短时间内，胜利智能—富强科技增加了三个技术副总。

另一方面，生产上，他放开手脚，全部按外企的管理流程进行管理，让每个副总都带团队，各自攻坚，又相互协助。

挖来了工程师，还需要大量技术工人去装调设备。还是缺人。怎么办?

他竟然想到了去和同行——博众精工公司商量，请求他们的帮助。人说“同行是冤家”，可吴加富心里从来没有把同行当作竞争对手来对待，他不怕同行知道他在做什么，“世界是个圆，越分享，你越成功”，他认识到同行应是合作、分享、共同提高的关系。他不是傻，而是拥有一个开放的胸怀。

博众公司的老总很支持吴加富，暂时拨了100个员工给他，帮助他一起完成任务。

吴加富天天盯在现场。他的专业能力和他的自信自有一种号召力把大家团结在一起，共同朝一个目标前进。或许别人眼睛里看到的都是困难，可他从来不见困难，只知道一步一步争取、努力，就算是在极端逆势中，也要不断寻找机会，找到突破口，最终实现逆袭。他有时恍然觉得自己就像高中时走在上学路上，脚踏实地，一步一个脚印往前走。

虽然这家世界知名手机厂商的上层管理人员知道吴加富为人诚实，不会耍滑，但并不是每个员工都有这样的认知。自恃在世界顶级公司，下面的工作人员有时会故意刁难对方。那位采购技术人员，因为经验丰富，大家都给他面子，笑说他“老马识途”，干脆称他“老马”，他则笑纳这个称呼。“老马”难免有些傲慢之气，比如有时深夜12点突然打电话给胜利智能—富强科技的工程师凌风，问为什么方案是这个样子的。能否改一下？凌风实在招架不住，就把问题交给吴加富，让吴加富出面解决。

吴加富本身是技术出身，了解技术，又时常在现场，了解情况。他最大的特点是以柔克刚，对方一拳打过来，不管多大的力量，他都软绵绵地化掉，就像打太极，他不丢不顶，以和为贵，化力于无形，还总是给人很真诚的感觉。

吴加富不会当场驳“老马”的面子，毕竟人家是大客户的代表，但他会讲道理，会耐心跟对方“磨”。“听从你，出了问题怎么办？还是我们的问题，人家会说我们的技术不过硬，拆了自己的台。请你相信，对产品负责也是对自己负责，这是我们富强人坚守的职业精神……”然后，吴加富还是会想法子，如加个板条、换个位置等，既给对方面子，又坚持了自己的想法。

在和国际顶级公司工作人员的交流中，吴加富越发意识到产品无国界，可企业有国界，企业家有国界。他不停地给员工们打气：

“我们要意识到胜利智能—富强科技现在做的产品，不只是代表胜利智能—富强科技，也可以说是代表中国自动化制造行业。请大家一定加油，否则人家会看扁我们中国人的。

“失败了，虽然付出了辛苦与心血，但没关系，别气馁，我们还可以继续下一次，总有成功的时候。

“创业是艰苦的奋斗，但可以帮助你成长，成长的快乐来自你有接受挑战的能力。今天的辛苦，定然成就明天的你！”

为方便做试验，吴加富在厂后方搭建了两层板房，采购了床铺供研发团队休息，还请了阿姨为大家洗衣做饭，做好后勤工作。而他自己则跟工人同吃、同住、同睡。在吴加富的带头努力下，公司下面的几个高管、工程师们也都玩命一样干了起来。大家觉得胜利智能—富强科技有吴加富这样能和大家同甘共苦的领导，将来一定有飞跃式的发展，有更加辉煌的前景。

胜利智能—富强科技上下所有人都笼罩在一种紧张而热烈的氛围中，大家聚精会神，各忙各的活，整个大车间有时静得几乎连掉下根针都听得见；技术团队活力四射，层出不穷的点子攻克一个又一个技术难关；借调来的技术工人们每天都在紧张地安装、调试设备。所有人都好像在进行一场战役，带着一种强烈的紧迫感。

技术副总们带着助手试验如何利用机床进行精加工，并形成批量化操作数据。他们每确定一个参数数据，吴加富都会及时记录下来，现在他们用于记录试验数据的笔记已经多达10本，这些都是用时间、金钱、汗水堆砌出来的宝贵资料。

"老马"看到这些人那么卖力地干着，觉得不可思议，于是问吴加富："你给了他们多少好处？能让他们那么尽心尽力地为你干活。"吴加富说："没有，真的没有。我就是带着大家一起干。这就是中国的企业！"老板与员工平起平坐，这本身就是凝聚力与信任感。何况，当各种复杂的样品在技术工程师手下一一呈现出实体时，吴加富心里是满满的感恩：越发感到企业里没有任何一样东西比员工们的士气更重要，越发觉得在工作中要以超越个人利益的人生价值追求、以崇高的事业去凝聚人、鼓舞人。

大年三十晚上，吴加富还在常熟，陪着员工吃饭。别人有节假日，可尚未完成任务的胜利智能—富强科技员工们没有。对他们来说，时间是最宝贵的！

整整半年多加班加点地干，三条智能手表生产组装线保质保量地按时交到了对方手上。他们需要的是一群一起开创不同凡响的未来的人，包括配件商。吴加富带领的胜利智能—富强科技做到了！

该款智能手表上市前夕，这家公司的CEO带领高层参观穿戴设备生产线时，着重参观的就是胜利智能—富强科技以极强的自动化系统集成能力和整体设计能力研制出的三条生产线，生产线各设备之间的信息交流和物流实现了“机器换人”。他赞扬道：“这是成功的范例。”

苦难与辉煌几乎是所有成功者的标配。吴加富和并肩奋斗的副总、工程师、技术员们，回想这一段历程时，无不泪光盈盈，为当年的豪情投入而激动。以至几年后，吴加富将这段经历回顾给后来者听时，大家都无法想象当初是怎么在半年内完成这近两千台机器的，唯有赞叹：“这是奇迹，没有对事业的执着和痴情是做不到的！”

企业成长篇

“我只要五分钟”“五封邮件”……这些是吴加富的经典推销案例。吴加富是富强科技的掌舵人，也是一名兢兢业业的一线销售人员，经常飞往世界各地推销他的公司和产品。他的踏实与勤奋感染着富强科技的每一个员工，大家齐心协力、脚踏实地，让富强科技得以迅速成长。于是，富强科技被“推到前台”，成为苏州高新区的典型性科技企业。

第一章　2014年的年会

2014年，不少行业都称其是自己的元年。这一年，企业有逆境重生者，也有轰然倒地者；有举步维艰者，也有柳暗花明者。国际机器人联盟（IFR）发布数据，2013年，中国购买了全球五分之一的机器人，首度超过日本，成为全球最大的机器人买家；2014年，中国市场销售工业机器人5.6万台，约占全球市场总销量的四分之一。机器人只是自动化行业的一部分，然而，从这一部分里可以看到，在全球范围内，中国正以锐不可当之势推动自动化行业的迅猛发展。

2014年，胜利智能—富强科技经过半年多的奋斗终于为世界上最具品牌价值的公司交出了三条穿戴设备生产线，同时因为被胜利精密收购而即将从狮山工业廊搬到苏州高新区浒关镇浒莲路68号，胜利精密建设的厂房。胜利智能—富强科技正走在发展的康庄大道上。2014年收官之际，胜利智能—富强科技的高管们正在谋划着新的一年。

吴加富敏锐地听到了一个新词——“中国制造2025”。他发现，国家层面越来越重视制造业，这意味着，属于制造业的春天即将到来。这是外在的好形势。对内，他意识到公司越发展，越需要形成上下统一，具有凝聚力、向心力的企业文化。吴加富在谋划着公司简单而清晰的企业文化，他要在公司的进门处简明扼要地将其标注，而企业文化也应剑指企业使命。

他想起接到4.5亿元大单时内心的压力，当时的富强科技只有人，只有工程师。都说科技是第一生产力，但人是第一生产力的创造者，人才是最根本的生产力。胜利智能—富强科技的成长正是富强人共同用心血浇灌的。胜利智能—富强科技最宝贵的不是专利，不是业绩，不是效益，而是富强团队的员工们！他们才是胜利智能—富强科技最宝贵的财富！

富强人艰苦奋斗的一幕幕呈现在吴加富的眼前。不管是蝴蝶键盘检测设备还是半年内完成4.5亿元大单的工作量，所有人心中只有一个为工作负责的目标，大家都沉醉在工作的快乐中。每一个案子成功调试，每一件非标自动化设备、装配自动化设备、工业机器人产品顺利完成时，所有参与人员都感到成功是一种快乐，而且是种巨大的快乐。胜利智能—富强科技是技术创新型企业，如果在工作中没有快乐，谈何创新？如何闪耀出智慧的火花？只有快乐的员工，才会拥有无穷的创造力。快乐，岂能不列入企业文化建设的首位？抛开公司不谈，快乐如同科学没有国界，它是人类本性追求的良性意境。道不远行，幸福、快乐是人永恒的追求。对，我要建设一个充满快乐的和谐企业。为胜利智能—富强科技奉献了无穷创造力的员工们，倘若我要给予你们什么，还有什么比快乐更好的呢？

想到员工，吴加富心里涌起一股股暖流，他深深地为这群优秀的员工自豪，他意识到自己有责任与义务去改变和提升员工们的工作环境及生活质量，为他们提供更广阔的成长、发展空间。他情不自禁地在笔记本上写下一行温暖的字：“我们苦点累点都是价值的体现，创新、速度成就了每一个胜利智能—富强科技的成员。回到小家，拥抱爱人、亲吻孩子，让我们感到如此幸福。”

吴加富又拿出一张A4白纸，在上面写下两个龙飞凤舞的大字——快乐。是的，胜利智能—富强科技的企业文化第一条必须是快乐！他知道，创新活力的激发并不是一蹴而就的，而快乐正是激发创造力的原动力。

他继续思考着，快乐只是一个情感的表现，如何才能让员工真正快乐？让每个员工富足充裕，个人得到成长，实现富强才是真的快乐。企业强则个人强，个人强则国家强。中国梦不就是中华民族的富强梦吗？

梦想，无论贫穷还是苦难，无论战争还是强权都不能将其剥夺，这是人类固有的“特权”。吴加富从小就怀着一种对富裕的憧憬，从小就梦想成为一个有钱人，彻底摆脱贫困。他的富强科技被收购后，得到了2亿元现金和7.6亿元的股票，他个人也收益颇丰，跨入了有钱人行列。可真的有钱后，他才明白，有钱并不是他真正的追求；真正的富裕是有了物质基础后，让自己的人生得到更大的成长与提升，实现内心的富足。这些年他并不只是在追逐金钱，而是在做一份事业。创业的过程中，他得到了源自内心的快乐——自信、自由，那种快意江湖，那种对产品的热爱，远远大于赚钱，钱只是投入之后的副产品，甚至成功也只是附属物，而人的成长比这些更重要。

哲学家西塞罗曾说：“追求财富的增长，不是为了满足一己的贪欲，而是为了要得到一种行善的工具。”吴加富很认同这个观点，有了钱不是让你停留在吃喝玩乐上，而是要让你做有利于更多人、有利于行业的事情，做公益慈善。钱花在什么地方，才真正体现了你是什么样的人。

吴加富读大学时受到学校的资助，他深知贫穷对于一个学生的压力。早在2009年，他就回馈故乡、回馈母校，开始资助学生。2013年，他设立加富助学金，出资2万元资助西华大学机械工程与自动化学院10名贫困学生；2014年，他再次出资4万元在全校范围内资助40名品学兼优的学生。

当自己的梦想成为现实后，吴加富希望有更多的人实现自己的梦想。他切身体会到：梦想，对于每个人来说，都是一种希望，一种向往，一种对未来的期冀；对于一个民族，一个企业来讲，梦想是集体的记忆、凝聚的共识、奋斗的目标、行进的方向，为实现这一梦想会生发出热情、动力、牺牲和担当。国家有“中国梦”，我们胜利智能—富强科技应当提倡“富强梦”。

于是，他又在A4纸的另一面写下了“富强梦”三个大字。这个时候，吴加富越来越意识到企业、个人与国家是紧密相连的。

这一年胜利智能—富强科技年会的主题是“富强梦·跨越2014”。年会上，吴加富宣讲了“富强梦”的精髓，那就是客户富强、企业富强、员工富强、合作伙伴富强，他深情地对员工们说：

“让快乐张开翅膀，梦想才能瞬间绽放。作为老板，我将为我们富强员工创造更好的工作环境和条件，为你们提供更广阔的成长、发展空间。胜利智能—富强科技必将成为一个卓越的公司，而你们在这里的工作经历也将使你们终身受益。当然，你们也必须保持有一颗正直、求索的心。

“明年，我们将搬到胜利精密的厂房去，这也是我们胜利智能—富强科技迎来发展的又一个新年。国家有‘中国梦’，我们胜利智能—富强科技要有‘富强梦’，我们要让客户富强、企业富强、员工富强和合作伙伴富强，实现四方共同富强！为了激励全体员工，公司正在制订一项激励计划，包括股票激励、提成方式的转变等。有了这些激励措施，我相信愿意努力拼搏的员工，都有机会在任期内获得很高的收益，实现自己的‘富强梦’。‘富强梦’不是属于一两个人的，而是属于胜利智能—富强科技全体员工以及胜利智能—富强科技的合作伙伴们的。让我们携起手来，和衷共济，从优秀到卓越，共创富强美好的明天，实现伟大的梦想！

“祝大家新春快乐，阖家幸福！”

吴加富慷慨激昂、激励人心的发言给每个员工注入了强大的力量。在这个寒冷的冬夜里，富强人对未来发展坚定了信念，更多了一份憧憬与向往。

在这个年终晚会上，吴加富并不知道，员工们悄悄地给他准备了一份惊喜。突然之间，所有的灯都暗了，大家还没有明白是怎么回事，一群员工推着硕大的蛋糕走向舞台中央，随即《祝你生日快乐》的音乐响起，主持人请吴加富上台。原来，这一天是他的生日。吴加富把蜡烛吹灭的那一刻，员工们集体唱起了《相亲相爱的一家人》，舞台背景则转换成一帧帧吴加富和员工们一起工作的画面，一位员工把一束象征积极向上、正直乐观的黄色向日葵送给了吴加富。从来都是老板给员工过生日，互换角色之后，吴加富被员工浓浓的真情厚爱所包围，霎时，手捧鲜花的吴加富感动得热泪盈眶。从小到大，经常忘记自己生日的吴加富没有想到，今天全体员工居然和他一起过生日，在员工们的掌声、欢呼声中，他哽咽着致谢。

这时候，主持人又将吴加富做公益慈善的决定向大家宣布，2015年，胜利智能—富强科技有限公司将继续注入10万元到加富助学基金账户。大家热烈地鼓掌。没想到，这产生了楷模效应，就在年会进行中，胜利智能—富强科技的合作伙伴苏州乐为、上海汇通以及当时生产部的经理汪鹏陆续向加富助学基金捐款。一场年会，成了胜利智能—富强科技汇聚爱心的大会。爱心，正是企业最大的动力和凝聚力。

这个冬夜，富强人感受到了空前的凝聚力。

第二章　我只要五分钟

对重大趋势的把握有良好的悟性，常常是许多人成功的原因。

在竞争激烈的市场上，面对世界上那些早已在自动化行业摸爬滚打多年的大型企业，年幼弱小的胜利智能—富强科技怎么能是对手？然而，吴加富却有种初生牛犊不怕虎的精神，正如他自己所分析的那样，那些外国公司不过是先进入门槛而已，不必夸大他们的厉害，他们并不比我们高明多少。胜利智能—富强科技虽然在生产规模、品牌实力和大项目的工程经验方面还有差距，但这几年一直在和世界顶级的高科技企业打交道，学到了许多。在做供应商时，胜利智能—富强科技深入学习了这些大公司高度聚焦的产品战略、严格的过程控制、突破式的创新和持续的市场营销，吴加富认为胜利智能—富强科技公司的发展战略，就是要抓住技术研发和市场营销两方面，做精做透，成为行业翘楚。

在三条智能手表生产线交货时，吴加富看到这家全球知名的手机厂商正在向美国一家公司大量订购外壳防水检测设备。企业家的创新精神往往就是能够看到被一般人忽略的细节，从而发现一般人所无法发现的机会，能够运用一般人所不能运用的资源，找到一般人所无法想到的办法。吴加富马上敏锐地想到，所有的电脑、手机等电子产品都需要外壳防水检测设备，这应该是一个很大的市场。我们不就是做检测设备的吗？为什么不开发这种设备？我们不能只做一类产品。于是，回到公司，他就开始组织技术团队攻坚克难，自主研发防水测试设备。同时，他又来到这家知名手机公司，希望能敲开采购的大门。

在外人看来，这家知名手机公司应该是很开放的，事实上，开放的是他们的企业精神。在内部，偌大的公司里是以项目为组进行团队工作的，各组之间较为封闭，人员很少流动，甚至各自有独立的供应商团队和运营模式。横向打通不太可能，如果没有实力，你想打进去，成为他们的供应商，特别是手机的供应商，可真不是容易的事情。

通过打听，吴加富知道这家公司的采购总监叫Amily，还是个华人。吴加富决定就从她入手。

吴加富和王书庆从圣何塞飞机场出来，就租车直奔这家公司总部，他们要去拜访Amily。

吴加富和王书庆来到这家高科技公司的总部门廊，便和Amily通电话，她说："请你们在楼下大厅接待区等待，我马上下来。"

听说Amily要下来，王书庆和吴加富不约而同地对着窗户的反光，整了整衣服，然后，眼睛就一直盯着电梯口。这时，吴加富看见楼梯里走出一名亚洲女子，身着黑色紧身衣裙，透着干练，心想，她是不是Amily？

看她站在大厅里等待，吴加富大胆地上前小心询问："你是

Amily吗？”

Amily回头看着吴加富，笑答：“是的，你是Kenny？”

吴加富一笑，是呢。Kenny是吴加富的英文名，由于一直做国际公司的供应商，为方便交流，公司员工们都有英文名，连胜利智能—富强科技都有英文名，叫RS TECH。

“有什么事？”Amily惜字如金。

“我们RS TECH做过你们公司智能手表生产线，在防水检测设备上，你们是否也考虑一下我们公司？”吴加富看她单刀直入，没有一句废话，就直接亮出需求。

“哦，那你们公司有什么资料吗？”

吴加富拿出胜利智能—富强科技公司的宣传册递给她。

“好了，我知道了，我回头看一下。你们请回吧。”

说完，Amily留下一个背影就走了。

飞了14个小时，从中国来到美国加利福尼亚州，见到的采购商只跟你讲了3分钟，而且还是站在大堂里，坐都没有坐下来，就被人晾在一边，人家走了。王书庆有些沉不住气了，内心升起强烈的挫折感，不免对着吴加富抱怨起来，说道：“吴加富啊，你是怎么安排的？”

吴加富也没料到竟是这样的见面。他只得解释道：“王总啊，人家就是这个性格，我跟你一样，也是第一次来。”

吴加富知道王书庆是山东人，做了这么多年老总，好面子，今天被采购员这么一晾，心里落差很大。但他也知道，此刻，虽然他们是老总，可来到这里，就是业务员。采购商高高在上，业务员低声下气，这就是职业定位，并不是针对某个人的。采购商手握生杀大权，不管供应商是销售员还是老总来拜访，她都和你平起平坐，有强大的心理优越感，你就得对她露出笑脸。王书庆意识不到这种身份的转换。吴加富采购员出身，他很清楚这种身份的转换对一个发号施令的老总来说确实是个心理煎熬，自己就是这样一步步过来的。

吴加富听着王书庆的抱怨，打岔道："我们来了美国硅谷，这可是个可以定义人类计算机时代的地方。要不，我们转转，看看硅谷市容？"

王书庆哪有这个心思，说："走了，没心情玩，回去。"吴加富才不愿意这样一碰"钉子"就走呢，他坚韧的性格此时显现出来。他现在要做的是转变对方的心理，要拿到订单，一定要花时间，要想办法"磨"。于是，他对王书庆说："王总，要不，你先回。给我时间，等我好消息，我一定拿下！"

王书庆很灰心，不以为然，说："吹吧，你，不靠谱。"

吴加富说："我肯定搞定，等我好消息。"

王书庆第二天晚上就坐飞机回国了。吴加富和翻译留在美国。他其实没有多大把握。但他知道，采购过程其实也是对供应商个人人格的考量，说白了就是销售员个人人格的一次推销，采购员和销售员之间的接触甚至直接决定产品的购买价格和产品质量。

此后，吴加富和翻译天天等在大堂，等Amily下班。吴加富见她出来，就跟在她身后聊上几句，每天都这样。

聊了一周后，Amily终于发话了，她笑骂道："Kenny的脸皮真厚！好吧，就把订单给你们。”

首战告捷。

吴加富顺利回国。可当订单发过来时，吴加富一看，价格实在太低了。他和王书庆又一次飞去美国。

Amily态度强硬：我们就出这个价格，做还是不做？你们自己看着办！

吴加富再次拿出他“磨”人的个性来。他轻言软语地说道：“如果你交给我的事情我办不好，那是我的不对，你随时可以骂我，我没有任何怨言。价格不合适，我们可以谈。这个价格呢，实在太低了。”

Amily不加理会。

王书庆上次被打击的心理阴影还没有消除，一看这阵势，感觉再次受到了打击。吴加富对王书庆说：“王总，要不你去逛逛他们的展厅？等我，两小时后回来，我一定搞定！”

从小到大，吴加富人生经历的每一次挫折与成功，都在他灵魂深处烙上了深刻的印迹，铸就了他坚韧的品格。他感到，此事会峰回路转的。

吴加富跟着Amily，柔和地请求道：“价格嘛，都是谈下来的。你给我的价格，成本都不够。你听听我的理由，我给你解释、分析嘛。”

Amily头也不回地说道：“我哪有时间听你咕哝，没时间！”

“老大，你给我一点时间，就五分钟，我只要你给我五分钟时间。”

“好吧，你快点讲，就五分钟，讲重点。”

吴加富技术性地一条条给Amily解释，最后保证：“我们一定把产品做好！”

Amily听完，第一反应是，吴加富讲得有道理，但她不能马上改变主意，便说：“这样吧，你回去先做一个框架，给个明细，一一列出来，发给我下面的人看一下。”

吴加富知道有戏，连忙道谢。

吴加富回到宾馆，立刻赶做明细，晚上就发了。果然，第二天Amily同意了他的方案。

吴加富终于如愿拿到了这个检测设备的订单。他每每拿到订单时，内心总是充满感激，所以当他看到对方公司电子设备的工艺有些问题时，就主动提出，额外帮助他们改善了很多工艺，提高了对方产品的优良率。为此，对方公司很是感激。此后，吴加富给他们报的价格，他们基本认可，几乎不再有改动。信任，已完全建立起来。吴加富再去美国时，Amily看到他，总会说：“来，我请你去咖啡厅喝杯奶茶。”Amily说自己是东北人，性格直爽，不会拐弯，话可能有些冲，但是没有恶意。

吴加富笑着自嘲，自己脸皮真的很厚。两人谈笑甚欢，聊着生活、兴趣各个方面，完全是朋友了。

其实，任何成功的企业家身上都必定有为人成功的一面，作家阿城曾说，“柔不是弱，是容，是收，是含”。吴加富身上的柔韧与包容，让每个与他打交道的人，都会觉得他特别实在、真诚。而他表现出的锲而不舍的坚持和以柔克刚的精神，会慢慢吸引你、说服你，最后打动你、征服你。最终，他赢得了人们的信任。

有采购商说："你们胜利智能—富强科技这么小的公司，还能跟我们合作，是不是有什么背景？"吴加富说："真没有，我们就全凭实力、技术、拼劲做事，我们也不给任何一个采购回扣。"吴加富心中真正的企业家是有着实诚精神的人，有奋斗进取之心，要靠创新提升企业核心竞争力。

吴加富就要做这样的企业家。

如今，手机、笔记本电脑等气密型自动防水测试设备领域，胜利智能—富强科技早已超越了那家美国公司，做到了全球65%的份额。一直都很低调、谦虚的吴加富说："这是值得我们骄傲的事，我们为中国制造业争了光。"

第三章　五封邮件

虽然自2013年开始，胜利智能—富强科技营业额已达到4.5亿元，2014年，达到6亿元，生产的设备从手动工位到多级全自动生产线一应俱全，在防水测试方面已占世界第一的份额，但吴加富认为，世界处于持续的发展中，胜利智能—富强科技在世界自动化行业中，还只是个“小弟弟”，必须奋起直追，主动抓住市场，快速反应。

虽然胜利智能—富强科技打入了世界上市值最高的企业，为他们的生产线提供定制设备、防水测试检测，但只有延伸到他们最主要的硬件产品——手机，为他们提供高精密的零部件，才能真正成为重要的供应商，才算成为全球同类产品的领先制造商。

然而，他也知道这家公司封闭性的团队结构，他要想打开新局面并不容易。这回，他又要做一个高级销售员了。通过迂回，他得到了负责手机生产的执行官的邮箱地址，于是，他开始运用电子邮件进行销售。

这场不折不挠的推销，简直可以成为一个电子邮件销售的经典案例。写信前，吴加富认识到，这不是一封邮件就可以起到作用的，但他相信坚持与用心的力量，必然能滴水穿石。

他的第一封邮件是在美国独立日7月4日之前发出的，吴加富知道这一天美国人都会放假，会有一些游行、聚会之类的活动。

执行官先生：

您好！我是胜利智能—富强科技（RS TECH）的Kenny。

很高兴认识您，也希望您能关注胜利智能—富强科技。胜利智能—富强科技是一家主要致力于非标自动化设备、高精密检测设备、工业视觉系统、人机交互系统等智能制造全方位解决方案的开发与应用的公司。希望我的信息能给到您帮助。打开附件，您可以看到胜利智能—富强科技的简介。

马上就是独立日了，您应该放假了吧？又有时间可以好好放松了，提前祝您国庆快乐！

这是一封普通的邮件，想必不一定会引起对方的兴趣，但至少对方有可能会记住独立日前夕收到过一封祝贺的邮件。

过了两个月，九月的第一个星期一是美国人的劳动节，这天美国人会放一天的假。于是吴加富又写了第二封邮件。

执行官先生：

您好！我是胜利智能—富强科技（RS TECH）的Kenny。

上次给您介绍过的胜利智能—富强科技是一家主要致力于非标自动化设备、高精密检测设备、工业视觉系统、人机交互系统等智能制造全方位解决方案的开发与应用的公司。希望我的信息能给到您帮助。附件里有我们公司的简介链接。

祝劳动节快乐!

第二封邮件也不过是问候一下,与第一封邮件相隔时间较长,有两个月,但再次提起胜利智能—富强科技,以加强对方的印象,赢得他的好感,不至于被遗忘。

第三封邮件与第二封相差不到一个月,是在万圣节前一天发出的。万圣节是美国除了圣诞节之外最隆重的节日。

执行官先生:

您好!我是胜利智能—富强科技(RS TECH)的Kenny。

糖果和南瓜灯准备好了吗?胜利智能—富强科技祝您万圣节愉快!

胜利智能—富强科技是一家主要致力于非标自动化设备、高精密检测设备、工业视觉系统、人机交互系统等智能制造全方位解决方案的开发与应用的公司。希望我的信息能给到您帮助。附件里有胜利智能—富强科技的简介链接。

吴加富在信中反复告知对方胜利智能—富强科技是一家什么性质的公司,就是想要对方记住胜利智能—富强科技是生产什么的。虽然对方未必会给他回信,但他知道,对方目前没有打算采购,暂时不会给他回复,但不回复不等于他的联系毫无意义。功夫不负有心人,坚持跟踪,总会有收获的。

吴加富每到节假日前夕就送上一封祝贺节日的信。万圣节过后，就是11月第四个星期四的感恩节了。一年中有一个感恩节让你去感恩给予自己帮助的人，真的很美好。感恩节是个全家团聚的日子，吴加富的第四封信要打感情牌。

执行官先生：

您好！我是胜利智能—富强科技（RS TECH）的Kenny。

感恩节快到了，祝贺您和您的家人感恩节愉快！

这次，吴加富不再介绍自己的企业了，纯粹是张祝贺卡，但在附件里添加了胜利智能—富强科技的简介链接。

一个月不到，12月25日的圣诞节即将来临，这是美国人最重要的节日，相当于中国人的春节。吴加富继续送上祝贺的贺卡。

执行官先生：

圣诞节来临前夕，胜利智能—富强科技（RS TECH）的Kenny祝您和您的家人圣诞快乐！新年快乐！

第五封信也纯粹是张祝贺卡，只是吴加富仍然在附件里添加了胜利智能—富强科技的网站链接。

半年内，吴加富发出了五封信。执行官先生在一次采购手机零部件的时候，和别的供应商谈崩了，突然就想起有家公司叫RS TECH，好像就是做非标自动化设备的。他马上回到电脑前，找出电子邮件，开始给吴加富回信，问他什么时候有空来美国见个面。吴加富接到执行官先生的邮件，兴奋极了。他知道自己的付出有了回音，便告知对方，只需要给他留出坐飞机的时间，他尽快来。

两人在约好的时间见面了，一聊就非常愉快，吴加富讲起自己做过他们公司穿戴设备的生产线，他们的CEO曾称赞道："这是成功的范例。"执行官先生这才想起当初CEO带领高级主管参观生产线时，他也在现场。看着眼前这个个头不高的中国人，他觉得这人实诚、可靠。执行官先生马上叫下面的人给吴加富发了一大堆东西，吴加富一看这么多东西，知道他们的量大，时间上怕来不及。

吴加富是个同理心特别强的人，不会一味满足对方的需要和要求，而是懂得在思想层面建立认知，彼此达成一致，进而让事情圆满解决。本着"成就他人，就是成就自己"的原则，吴加富主动推却道："你们已经通过了P1、P2，我都没有打样，马上要量产，一怕时间来不及，二怕做得不好。若做得不好，对你们团队也不好。我先挑两样做，你若觉得我们做得好，等下次有案子，有充足的时间，再让我们多做点。"

执行官先生听到这话很是惊讶，哪有供应商主动回绝的？但他由此更加认清了吴加富为人之实在与负责。

真诚是道德的基石，也是人格力量。一旦失去了真诚，别人对你的信任心理就会垮塌。对经营者来说，眼前的产品不是短期的收益，而是关乎长期的战略，更是真诚的体现。在一段时间内，集中所有人力、物力，做好一件事情，取得突破性发展，这也是战略。

对这两个产品，胜利智能—富强科技非常谨慎，吴加富再次身先士卒，天天盯在现场，一定要做好。对方什么时候要产品，胜利智能—富强科技必须在规定时间内提前两天完成。

产品圆满交货后，在又一个圣诞节来临前夕，在几千家供应商中，执行官先生给五位供应商写了纸质感谢信。在给胜利智能—富强科技的信中，他写道："感谢RS TECH对我们手机项目的支持，希望你们得到更多的机会！"

收到大洋彼岸执行官先生寄来的贺卡，吴加富内心非常感动，这是多么不容易啊！他越发体会到做事必先做人，产品就是人品，企业家首先要做个老实人，任何事情只要真心付出就一定会有回报，带着感情和良知，企业才会基业常青，越走越远。

第四章　推到前台

苏州胜利智能—富强科技公司，不管是先前在狮山工业廊还是现在来到了浒关，都地处苏州高新技术产业开发区。

苏州高新技术产业开发区西临烟波浩渺的万顷太湖，东依具有2500多年历史的苏州古城，一直致力于打造“真山真水园中城，科技人文新天堂”之美誉的城区，是全国首批国家级高新技术产业开发区之一，1997年就被确定为首批向亚太经济合作组织（APEC）成员开放的亚太科技工业园，2000年被国家对外贸易经济合作部、科学技术部批准为国家高新技术产业开发区高新技术产品出口基地。

2007年，吴加富选择将富强科技注册在苏州狮山工业廊，就是看中了苏州高新区这样一些大背景，地理位置优越、招商服务细致周到、政府对企业的重视远甚一切……这些年，富强科技一直“默默无闻”，一直被业界称为智能制造的“隐形冠军”，苏州高新区发改局和科技局也一直聚焦、看好这家优秀的小精企业。

事实上，制造业一直是苏州高新区的根基所在。虽然苏州高新区成立于1992年，但在这块土地上的枫桥、横塘、浒关等地，二十世纪八十年代乡镇企业就异军突起，二十世纪九十年代，特别是苏州高新区成立之后，外向型经济发展迅猛，民营经济蓬勃发展，制造业在苏州高新区铸下了深深烙印。

当“中国制造2025”的发展战略提出后，苏州高新区更是以智能制造为主攻方向，引领产业从“苏州制造”向“苏州智造”蝶变。自2015年起，苏州高新区先后出台了《关于支持工业经济升级发展的若干意见》《关于加快发展智能制造促进转型升级的若干意见》，又在“十三五”规划中，明确提出“打造江苏智能制造产业集聚区”的发展定位，制定引导和支持细则，设立“工业经济升级发展专项资金”，给初成气候的智能制造再添“一把火”。其中，详细规定了对引进先进制造业、企业做大做强、企业技术改造投入、智能装备投入、发展“互联网+”制造、企业科技创新、企业开发新产品、企业承接高水平项目等进行奖励。

在政策规划和产业转型的双重引导下，苏州高新区一方面大力引进智能制造企业，培育传统企业进行智能升级，另一方面用大数据、“互联网+”等先进技术成果嫁接传统制造企业，使得产业转型落在实处，努力打造出了一个层次分明、制造与服务互补的智能制造产业体系。这个时候，胜利智能—富强科技这个一直“默默无闻”的以生产高精度全自动组装和检测系统设备生产线为主的企业被推到了前台。

2016年2月16日，时任苏州市委常委、苏州高新区党工委书记浦荣皋一行莅临胜利智能—富强科技新厂视察、指导工作，了解胜利智能—富强科技经营、研发、制造等有关情况。

胜利智能—富强科技董事长王书庆及总经理吴加富陪同领导参观了胜利智能—富强科技智能化、数字化工业4.0展厅。2014年，吴加富在装修胜利精密收购富强科技后提供的厂区时，特地在一楼设计了这个工业4.0展厅。

对于一个制造业企业来说，设计一个展厅、体验馆，好像与制造业本身没有多大关系，似乎有些风马牛不相及。当初吴加富设计这个展厅时，还被诟病不务正业，但吴加富心里明白，胜利智能—富强科技所生产的系统集成自动化解决方案用语言很难描述，只有呈现。而以展厅形式呈现，必将加深参观者对企业的识别度和记忆度，无论是参观还是合作协商，是否产生经济效益，企业都已实现或者部分实现了依靠展厅展示产品、实力和传送信息的目的。

果然，当浦荣皋书记一行人走进胜利智能—富强科技智能化、数字化工业4.0外展厅时，灯光一开，白色墙面和顶面、地面在蓝色的星空灯光下，霎时形成一体，显示着胜利智能—富强科技的LOGO，令人有种工业“童话”的感觉，见多识广的领导们也觉得图形、色彩、文字、灯光诸多元素融合成的内容策划、空间设计、多媒体交互深化，给人带来很强的视觉吸引力。

走进内展厅，大家看到的是更具“童话”色彩的工厂模拟智能制造柔性装配线，从抓取物料到自动运输、从高精度加工不停歇地生产到将不同元件拼装在一起，完成加工，生产运作井然有序。这条真实还原的模拟流水线展示了7个工站、11个节点的全流程智能制造体系。

参观中，浦荣皋书记听取了吴加富关于公司总体情况、产品特点、高科技特色、公司未来发展目标等内容的汇报，他惊讶于苏州高新区存在着如此富有高科技含量的公司，给予了高度评价，充分肯定了胜利智能—富强科技开拓创新的精神，表扬了胜利智能—富强科技在智能制造与工业4.0方面所做出的努力和取得的成就，勉励管理团队继续一如既往地勤勉工作、开拓创新，提升产品的科技含量。

浦荣皋书记还对胜利智能—富强科技今后的发展提出了很多宝贵的建议，诸如要利用企业优势扶持中小企业共同发展，要向现代人性化企业迈进，要在研发投入上加大力度，要不断创新，要在安全生产及企业信誉维护上再接再厉，深化公司企业文化，提高员工归属感，加强企业宣传力度，做到“对外具有影响力，对内具有凝聚力”。他还幽默地说，以后只要听到胜利智能—富强科技，他就会高度关注，希望公司努力提高在行业中的地位，要向制造业服务化努力，为促进地区经济发展和智能制造事业做出更大的贡献。

浦荣皋书记的一席话高瞻远瞩，让吴加富更加清楚了努力的方向，极大地激发了吴加富及富强人的企业自豪感和成就感。吴加富非常激动，感觉自己从单打独斗中解放了出来，顿时有了依靠与底气。

如果说苏州高新区在推动企业向智能制造高端不断攀升，是提升智造企业的“硬实力”，那么，培育制造业服务化的中心思想就是塑造核心竞争的“软内涵”。吴加富明白，胜利智能—富强科技还要在这里发力。

第五章　工业4.0时代下的“海底捞”

到2017年，苏州胜利智能—富强科技已成立十年了。十年间，胜利智能—富强科技通过做外企的配套设备渐渐由“制造”向“智造”转变，他们的眼光一直紧跟着国际自动化行业的顶端。

从一开始，胜利智能—富强科技就没以制造端的生产力为起点，而是将客户端的需求作为整个生产链的出发点，提供定制化的产品和服务，在设计、匹配、工艺、制造、质量到检测等产品全生命周期实现自动化，使得整个生产链各个环节协同优化。从本质上说，这是一种产业视角的转变。而这种转变，恰恰就是智能制造的内在驱动。

吴加富关注到，2015年3月，李克强总理在全国两会上做政府工作报告时提出了“中国制造2025”的宏大计划，他记忆里的“中国制造2025”又出现了。从报告中，他了解到“中国制造2025”原来就是把发展智能制造作为主攻方向，这是一个让中国由“制造业大国”迈入“制造业强国”的重大战略部署。恍然间，他觉得原来自己正融入时代，站在时代的潮流之上。他感叹道，胜利智能—富强科技的“富强梦”真的就是一个“强国梦”啊！

吴加富一直觉得这是自己的幸运。胜利智能—富强科技进入自动化行业较早，能够紧跟世界上的高科技企业，能很早就意识到自动化与信息化是制造业的必然趋势。还在2012年，胜利智能—富强科技就与德国TRANSFACT公司合作研发制造企业生产过程执行系统（Manufacturing Execution System，MES），引入顶尖的MES系统解决方案。

MES是美国AMR公司在二十世纪九十年代初提出的，是一套面向制造企业车间执行层的生产管理技术与实时信息系统。MES可以提供制造数据管理、计划排产管理、生产调度管理、现场控制管理、库存管理、质量管理、人力资源管理、工作中心管理、设备管理、工具工装管理、采购管理、成本管理、项目看板管理、生产过程控制、底层数据集成分析、上层数据集成分解等模块。通俗点说，就是生产车间里的生产管理和调度执行全部是自动化与信息化。

当中国的大部分制造企业还在依赖人力进行生产的时候，胜利智能—富强科技就已经在运用这个系统了，不管是智能手表穿戴设备的生产线还是防水测试，都已站上了智能制造的国际舞台，向全球高科技企业输出智能制造的技术和服务，不自觉地站到了“中国制造2025”的前端，成为走向智能制造的急先锋。

吴加富察觉到，“中国制造2025”与德国工业4.0、美国先进制造、英国工业2050，意思颇为一致，都是国家级的战略部署，这标志着新一轮科技革命已经到来，以人工智能为代表的新一代信息技术，正与制造技术深度结合，形成新一轮工业革命。智能制造不仅仅是制造业的革命，还是一场更加深刻的变革，它必将引来创新模式、商业模式、服务模式、产业链和价值链等产生革命性的变化。当智能制造已成为新的时代坐标、新的战略制高点，那么胜利智能—富强科技必须站在行业的高度、民族的高度来看问题，这个时候的吴加富，越发清楚，自己要考虑的不仅是自己的企业了，而是与国家、世界紧紧相连的一个行业了。他大胆地提出，“要让进口设备国产化，国产设备世界化，富强科技尖端化”，打造一支高质量的“海底捞”式的人才服务团队，抢占智能制造技术高地，争做全球智能制造解决方案的领导者。

事实上，进口设备国产化，胜利智能—富强科技早就开始这么做了。从最初的自动点胶设备到气密性检测设备、CNC智能加工机床、3D激光自动检测设备、自动化成套设备、智能控制软件系统等一批具有独立自主知识产权的高科技产品，都是他们不断突破智能制造领域的关键技术和核心零部件技术而自主研发的。

在国产设备世界化的这条路上，胜利智能—富强科技走得很扎实。他们的非标自动化设备、高精密检测设备、工业视觉系统、自动化生产线、人机交互系统等产线，其机构设计、电机设计、软件开发、量测设备等智能制造的各个环节，在美国、日本、俄罗斯、荷兰、墨西哥等国家，都有合作伙伴，且销往全球。

“既然选择了远方，便只顾风雨兼程；既然目标是地平线，留给世界的只能是背影。”胜利智能—富强科技开始了一系列引领性的尖端合作。

当今世界，所有制造业企业都有一张王牌——芯片。在世界市场上，芯片很令人闹心，它不是花钱就可以买的设备，而是对你的技术封锁的载体。如果你没有一点技术在手，你连说话的资格都没有。然而，胜利智能—富强科技正是拥有了先进的自动化技术研究开发水平和创新能力，具有一系列实例性质的话语权的解决方案，才能在2016年4月与从事工业自动化软件开发、应用和服务的德国TRANSFACT公司进一步合作，建立战略合作伙伴关系，签署了合作框架协议。双方还共同建立了合资公司（TRANSFACT中国），通过硬件制造及软件服务的优势互补，共同致力于一体化MES平台的研发，改变现有ERP系统（企业资源计划）中信息在上下层无法得到有效传递而导致管理出现“断层”的现状，实现生产车间数据的采集、跟踪、质量控制、生产监控及物料管理，整合所有数据资源，提高工厂管理的实时性和透明度，以及产品的可追溯性。这一签约，胜利智能—富强科技的“心病”得到解决，有能力根据客户本身的特殊需求提供从“工厂自动化”到“工厂信息化”的多维度智能制造系统定制化解决方案，引领智能制造解决方案不断提升。

在工业制造领域，德国人对外国的产品是不会轻易看上眼的。然而，2015年，胜利智能—富强科技又与全球机械手行业顶尖企业——德国KUKA公司结盟，并为KUKA公司成功开发出十多种机械手应用平台。2016年6月，两家公司正式签署了《战略合作备忘录》。双方拟就KUKA公司在3C、汽车、医疗、新能源等行业的使用、推广进行合作，同时，在苏州联合成立一家机器人工程应用技术中心，从事工业机器人在电子领域的应用开发。

胜利智能—富强科技制作的宣传片，站在历史的高度加入了工业4.0的概念。

先科普一下工业革命的前三个阶段：

工业1.0，机械化时代，以蒸汽机为标志，用蒸汽动力驱动机器取代人力，从此手工业从农业中分离出来，正式进化为工业。

工业2.0，电气化时代，以电力的广泛应用为标志，用电力驱动机器取代蒸汽动力，从此零部件生产与产品装配实现分工，工业进入大规模生产时代。

工业3.0，自动化时代，以PLC（可编程逻辑控制器）和PC（个人计算机）的应用为标志，工业进入机械化、规模化、标准化，但导致全球性的产能过剩。

现在的工业4.0，相比前面三个阶段——蒸汽机时代、电气化时代、自动化时代，可以说是信息化时代，典型特征是网络化、智能化、个性化。通过整个产业链的协同优化，对不同客户的差异化需求进行智能化识别和管理，与客户在设计、生产、使用全环节的信息共享和互动交流中，最终实现产品与服务的定制化。这就使得制造业不仅仅是个制造过程，更是逐步转变为“生产+服务”的整个流程。

2016年2月，浦荣皋书记来胜利智能—富强科技时明确提到，要向制造业服务化努力。吴加富也注意到，全球制造业正倾向于服务型转型升级的大趋势，苹果、IBM等企业不再仅仅关注生产过程，而是将重心逐步转移到产品的开发、改进、销售、售后服务以及回收等领域，在整个流程中生产的作用越来越小，服务的作用越来越大。在整个价值链分配中，服务环节的企业处于主导地位，拥有产品的定价权。企业竞争力取决于服务环节，像苹果公司，美国苹果总部主要负责产品的设计与销售，基本不介入生产环节，其全部产品的生产几乎都是依靠外国的代工厂完成。

2016年年初，胜利智能—富强科技开始向员工强调服务，提出要做制造业的“海底捞”，车间里挂着相关的红色标语。吴加富还让胜利智能—富强科技的中层干部都去“海底捞”吃饭，体会“海底捞”有求必应、无微不至、嘘寒问暖的服务，理解把服务做到极致的意义，感受“海底捞”每位员工自己能决定为顾客做什么的特色。然后联系现状写心得，理清智能制造的思路，统一认识，认清智能制造不只是一个技术体系。在人工智能已发展起来的当下，制造业中的服务业就要从幕后走到前台，必须以拥抱的姿态面对服务型制造模式的崛起。

工欲善其事，必先利其器。吴加富在公司“富强论语论坛”上，将自己对智能制造的理解与员工们分享：“‘海底捞’其实就是强大的制造业，它的终端在餐厅，每个客人口味、需求都是不同的，也就是说产品是不同的，从客人来的那一刻就要开始服务了，而不是把菜端上桌才开始服务，它背后的配菜等整个的流程都是制造业。相对于胜利智能—富强科技，优质服务就是速度，从需求诊断、开发设计、设备集成、工程建设、检验检测到专业维修，都要讲求速度。”

“智能制造，不是简单的自动化和信息化，而是关注对用户、社会以及环境的价值体现，以‘零不良’铸就匠心精神，以‘零浪费’体现对效率的追求，以‘零事故’彰显对生命的尊重，以‘零污染’体现对社会的责任。我们胜利智能—富强科技就是典型的服务型制造企业。”他思辨性地解答员工们对于智能制造的疑惑，将胜利智能—富强科技“十字”企业文化中的“速度”解释成争创效率、优质服务。

十年时间，胜利智能—富强科技融合全球应用经验，凭借扎实肯拼的精神，以科技创新作为走向国际化的推手，其智能制造实践已开花结果，集成全自动数据采集、分析处理、远程控制与远程服务的智能制造管理系统，以及配套定制自动化设备的设计、组装、调试、售后服务等，受到了客户的高度评价和认可，个性化定制产品得到了市场的广泛认同，成功敲开了德国、美国、日本等多个制造强国的大门，实现全球供货，成为三星、LG、夏普、索尼、博世、特斯拉等家电、汽车、新能源行业里的知名企业智能生产设备供货商，为他们提供了系列智慧制造解决方案，形成了以消费电子为主，以新能源、汽车、医疗、军工等为辅的全方位客户格局。

从2014到2016年，胜利智能—富强科技共申报专利400余项，PCT专利22项；获得发明授权专利26项，实用新型授权专利93项，外观专利3项；共获得登记软件著作权11项。胜利智能—富强科技成为“国家高新技术企业”“江苏省服务型制造示范企业”“江苏省企业互联网化重点示范推广服务机构”，获得“国家智能制造综合标准化与新模式应用项目”，获批建有“江苏省基于云制造的CNC智能加工系统工程技术研究中心”“江苏省企业技术中心”“江苏省企业研究生工作站”。

让吴加富感到自豪的是，他曾经一直纠结于国外的工程师到中国来维修，上飞机就开始计费了，现在，胜利智能—富强科技的工程师去国外做维保，也能从上飞机就开始计时，以美元收费了。

然而，吴加富发现，凡是在胜利智能—富强科技干满三年的工程师，就有同行企业来挖，开出的工资都是胜利智能—富强科技的两倍，有些在胜利智能—富强科技每月拿七八千的调试工程师，技能也很一般，竞争对手却给到每月一万五，甚至每月一万七到两万，怎么看也不值。而市场上学自动化的人看着很多，但是真正能独立做设计的人特别特别少。这到底是怎么了？

人才是企业快速发展的最大资源和活力。爱琢磨的吴加富分析，是人才培养这一块出了问题。

第六章　看到了中国智能制造的未来

2016年7月6日上午，苏州作为“中国制造2025”苏南城市群试点示范区考察单位之一，迎来了中国工程院院长周济、副院长田红旗、沈国荣院士等十二位专家组成的考察团。胜利智能—富强科技作为苏州高新区的科技明星企业被列为考察对象。

专家们来到苏州高新区浒莲路，下车，抬头看到一幢大楼、一栋厂房。高高的厂房上面挂着写有“全球智能制造解决方案领导者”的招牌。

走过厂区花坛，在办公区域的大门口，苏州胜利精密制造科技股份有限公司总经理章海龙、苏州胜利智能—富强科技有限公司总经理吴加富等站在门口迎接。专家们一眼看到了前台“胜利智能—富强科技RS TECH”标牌下的一行字——“快乐、速度、创新、学习、融合”，显然是公司倡导的企业文化了。

吴加富向考察团成员详细介绍了胜利智能—富强科技的发展历程、技术研发、未来方向等信息，带领他们观看了公司的3D宣传片、参观了智能化数字化工业4.0展厅、视察了生产车间。

大家在外展厅看过企业宣传片后，来到内展厅，专家们特别注意到外侧一个橘黄色机械手和内侧一个白色机械手，都像长了眼睛一样，能从一堆杂乱无章的东西中准确锁定并抓取目标，两个机械手同时伸出去交叉合作工作，各自转动关节完成工序，互相协调，井井有条。

吴加富介绍，这是他们自主研发的"长眼"机械臂，具有工业视觉设备的所有硬件和软件条件，这双"慧眼"具有检索功能，能准确锁定目标并传导给机械臂。胜利智能—富强科技已完成了工业机器人视觉引导与定位的研究，解决了工业自动模块化的设计，攻克了视觉引导难关，开发出视觉软件、功能测试系统、流体抛光产品等具有自主知识产权的高新产品。专家们点头微笑着，纷纷竖起了大拇指，直接夸道："厉害！"

展厅还有一条胜利智能—富强科技自行设计的模拟流水礼品线，该产线自动上料、组装、打标、包装，几分钟后长着一双大眼睛的机器人会将工序完成的礼品——印有你名字的手机呈送到你手上。这条微型生产线真实模拟工控环境，集中展示智能产线的柔性化、网络化、数字化和智能化。

长期致力于机械设计与数控技术研究的周济院长站在"高速加工中心"旁边，笑着问吴加富："这也是你们自主研发的？"吴加富诚实汇报，"高速加工中心"系统是胜利智能—富强科技与华中数控股份有限公司共同合作开发的，他们创造性地将大理石用作机床的机身材料，成功地解决了机床在高速运转时的振动问题，极大地提高了加工精度。

周济院长没有想到中国企业间还有这种合作，而且设计精巧，他非常赞赏，指出以后还可以加强与国内科研院所的合作，开发出具有中国自主知识产权的产品，提升中国装备产业的水平。

说着，一行人走出展厅，来到了后面的厂区，参观了胜利智能—富强科技设计研发的全自动无人生产线。传感器的使用，大数据的收集，网络化的监控，在这里都可以看到、摸到。专家们对此生产线能达到的智能化程度表示惊讶，周济院长高兴地拍了拍吴加富的肩，说道："中国制造业整体尚处于由工业2.0向工业3.0过渡的阶段。在这里我们却看到了一个真正落地的制造业的数字化、网络化、智能化公司，看到了中国民营企业的未来、中国智能制造的未来，这一切让我们对中国智能制造增强了信心。"

吴加富指着西面正在建设的厂房说："周院长，院士们，明年年初，由我们母公司胜利精密投资2.1亿元新建的胜利智能—富强科技二期工厂就要竣工投产，我们想将它建成华东地区智能工厂的样本。建好后，请大家再来指导。"

周院长爽快地接口说道："制造业数字化、网络化、智能化是新一轮工业革命的核心技术，应该作为'中国制造2025'的制高点、突破口和主攻方向。你这样的企业不应只局限于华东地区，要建成国家智能工厂的样板！"

"请院长多支持。我们的母公司胜利集团传统就是做精密制造的，可以用我们胜利智能—富强科技的智能制造生产线来打造国家级的智能制造样板！"吴加富乘机建议。

"中国有这么好的企业，我们一定支持！这不只是你们的智能工厂，这也将是中国智造！"

吴加富听后很振奋，越发觉得智能制造产业集中了当代最先进的技术，代表着一个国家的产业核心竞争力。

吴加富及胜利智能—富强科技的科技人员给周济院长留下了严谨诚实、扎实细致的美好印象，周济院长思忖到，胜利智能—富强科技虽然规模不大，却有一种开放的创新精神，小而精，有想法、有情怀，又地处苏南，如果在此实施国家工信部智能制造综合标准化与新模式应用，打造在全国有示范意义的智能化标杆项目，可以推动智能装备往中高端发展，带动制造业智能制造水平的整体提升。

随后，在周济院长的努力与关心下，国家智能工厂的样板项目真的落地在苏州胜利精密了。这是后话。

虽然专家们只调研了半天，但专家团对胜利智能—富强科技的创新给予了很大的肯定。

创新是从无到有，是梦想未来的力量，是一种自信。智能制造，如果没有创新，就没有驱动，就没有个性化的服务。富强科技“十字”企业文化中对“创新”的理解是全员创新、追求卓越。优秀的企业就应该有理想、有志气，这是一种历史责任感和使命感。而追求卓越本身就是有理想、有志气的体现和担当。

企业壮大篇

企业成长到一定阶段后必定是发展与壮大，企业的发展与壮大离不开人才。于是，富强科技创办了自己的智能制造学院——富纳智能制造学院。富纳智能制造学院是富强科技壮大之下的产物，反过来又促进了富强科技的进一步发展，因为它为富强科技甚至是整个智能制造行业输送了大量专业人才。在这些的推动下，富强科技建起了江苏省3C行业第一个国家智能制造示范工厂。

第一章　富纳智能制造学院

成立一个智能制造学院。

吴加富这个念头看上去是因为胜利智能—富强科技业务激增，遭遇了人才短缺的瓶颈而起，其实并非他临时起意，而是酝酿、筹谋了许久。正如当初他辞掉工作来创业一样，只是外人觉得有点突然。

办教育能赚钱吗？有人怀疑。然而，吴加富不是从个人赚钱的角度来考虑，而是从工业自动化这个行业的发展、人力储备等方面来通盘考虑的。他深知，智能产业需要巨大的投入，不能太现实，不能太急功近利，一定要有点理想与情怀，要耐得住寂寞。

企业办学？不自量力！有人反对。然而，吴加富说："企业办学其实是回到企业本身，而不是脱离实际的理论研究。你看，世界上那些大的企业，如以前的摩托罗拉等，都有自己的培训基地。我想办的学校是一个开放的平台，这个平台连接着应用型人才与企业两头。在这个时代，我们已经成为智能行业的先行者，那就应该背负探索科技和促进产业发展的使命，要有促进民族未来发展的使命感。"

早在2015年6月，胜利智能—富强科技就和苏州科技学院机械工程学院进行了校企合作，学校作为“人力资源中心”，企业作为“人才实践基地及未来发展方向”。通过合作，校企共同为社会、为企业的竞争与发展培养了既有良好职业素质又有很强操作能力的应用型人才，胜利智能—富强科技也培养了“留得住、用得上”的专业人才。

看到胜利智能—富强科技的员工总是被挖走，吴加富一再琢磨，这到底是一个偶然现象，还是在产业发展过程中，人才的供需出现了明显的不平衡状况？确实，蓝领工人供给瓶颈明显，技术工人用工成本剧增，高职院校毕业生实际操作经验缺乏，学校里对接生产的实训设备匮乏……以上种种都成了制造企业的痛点。

马云说：“生意人唯利是图，有钱就赚；商人有所为，有所不为；而企业家必须承担社会的责任，创造价值，完善社会。”企业家精神并不仅限于经济结构中。工程师出身的吴加富深深认识到，胜利智能—富强科技仅用十年就跨越很多企业几十年走过的路，核心在于创新，在于始终坚持以创造客户价值为中心。智能制造业需要强大的技术研发团队，同时也需要大量应用型技术人才，这两方面的人才缺一不可。没有应用型技术人才，未来智能制造业的发展一定会遇到瓶颈。过去，在我们的教育里，技校生是一个长期被忽略的群体，而他们却是托起中国智造产业的根基，是实践工匠精神的主体。

那么，何不自己建一个智能制造学院呢？在人才培育模式方面进行创新，让企业衔接学校，为行业培养智能制造应用型技术人才，让学生一走出校门就能走上智能制造的岗位。

说干就干，吴加富把这件事提上了日程。他给学校命名“富纳”，“富”来自他自己的名字，“纳”来自他太太的名字——哈敏纳。哈敏纳是一个在苏州长大的回族姑娘，从小家境优越，一路顺风顺水地长大，没遇到过什么挫折，更没吃过什么苦。2007年底，哈敏纳和吴加富结婚时，吴加富还一无所有，两人可谓“门不当、户不对”。周围的亲戚、朋友对哈敏纳选择吴加富都感到不可理解，她的母亲更是强烈反对她和吴加富在一起。虽然阻力重重，各方面的质疑铺天盖地，但哈敏纳没有退缩，毅然决然地嫁给了吴加富。因为她相信自己的眼光，她更相信吴加富的为人，相信吴加富一定能让自己幸福。后来的事实证明，她当初的选择是对的。

富纳，更多地接纳人才，这是多好的寓意啊！富纳智能制造学院（Funa）就这样诞生了。经过一年多的筹备和建设，学校建成了2000平方米的实训场地，包含智能制造管理中心和应用中心，其中，应用中心包括电器控制实训中心、工业视觉实训中心和工业机器人实训中心，拥有上百套实训设施设备，涵盖西门子、三菱、松下、欧姆龙、汇川、基恩士、康耐视等国内外知名品牌，超豪华。

一天晚上，站在即将投入使用的富纳智能制造学院门口，吴加富内心久久不能平静，他想起当初自己上大学时根本就没有实训场地，实验室只有几台老式电脑，就算有稍微昂贵点的设施，也总是被“保护”起来；偶尔进行实践，也会因设备有问题，或各种“意外”而得不到上岗机会。从大学毕业出来，也根本没有制造领域的资深人士与自己交流，给予相应的辅导，全凭自己乱闯乱撞。好在自己赶上了外企进入中国的高峰时期，创业的脚步恰好踩在时代进行曲的乐点上，才一路顺利，闯出来了。可时代在飞速前进，只有不断培养年轻人，才能做强中国品质。吴加富一直记得刚读长江商学院时，长江商学院项兵院长曾对他们说过："你们要带着从长江获得的新知和价值观，真心关注社会进步、关注多数人的福祉，在未来再创奇迹，为我们民族缔造更多优秀的企业、更美好的未来。"他心里规划着，要以"更好教育，更美生活"作为富纳智能制造学院的愿景，将富纳智能制造学院打造成智能制造领域技能教育的先行者，为智能制造企业打造人才培养的共享平台，在企业和大学生之间搭建资源共享的桥梁，持续为企业输送应用型技术人才和综合型管理人才，为打造我国民族智造品牌贡献力量。

企业办学，就是要量"企"裁衣，开展有针对性的教学服务。富纳智能制造学院通过"三对接"，即"课程设置对接产业需求，教学内容对接岗位职责，实训设备对接生产过程"，来充分体现企业办学的优势。在师资方面，富纳智能制造学院不仅依靠胜利智能—富强科技所拥有的资深工程师团队，还吸纳了高等职业院校、企业的资深管理人才，这使得课程开发不仅"接地气"而且"成体系"，实现了理论、实际一体化。特别是依托业内顶尖工程师开发的技能课程，真正实现了学习情境与生产过程无缝对接。经过培训与没有经过培训的工人，在现实生产中确实有很大的差别。

两年不到的时间里，富纳智能制造学院创建了电气控制、工业机器人、工业视觉、工业大数据（含工业物联网与人工智能）4大系列30余门课程。课程内容分应用技术课程与综合管理课程，应用技术课程涵盖电工、机械手及触摸屏、工业视觉、电力拖动、工业机器人、工控软件、光学检测等领域；综合课程包括智能制造导论、工业物联网与智能工厂、智能制造综合管理、智能设备的硬件基础等。

富纳智能制造学院秉承了胜利智能—富强科技的专注精神，积极引入各方资源，不仅在政、行、校、企各方主体之间架起一座“人才培养的立交桥”，还将其打造成富强科技的核心之脑。富纳智能制造学院与洛阳科技职业学院、三江学院机械与电气工程学院等职业院校、应用技术院校建立了深度的校企合作，实行“3+1”联合培养模式，实现双元制教育；与华东理工大学、苏州市西交利物浦大学、德国多特蒙德应用技术大学等教科研院所、智能制造行业龙头企业以及政府部门进行产学研深度融合，结合智能产线设计，提高技术应用，探索新技术，研究产品转化可行性，整合制造前沿技术。

2017年12月16日，国际技能人才培养与发展高峰论坛——智能制造人才培养分论坛在苏州举办。在这次论坛上，苏州胜利智能—富强科技和德国KUKA公司成立了“库卡—富强战略合作联合培训中心”，双方签署了《战略合作备忘录》，重点培养高素质、高能力的技术工程师，锻造“中国工匠”。

不仅引进来，还要走出去。富纳智能制造学院积极响应苏州市政府围绕“产业合作、教育帮扶、劳务协作”的工作意见，向贵州铜仁市交通学校捐赠价值一百万元的由胜利智能—富强科技和富纳智能制造学院联合开发的7套实训设备及课程，帮助铜仁市交通学校建设智能制造应用技术专业，联手打造这一特色专业，以就业为导向，坚持市场引领和政府引导，走“产学研用”相结合的内涵式发展道路，互利互赢。

富纳智能制造学院的创建，首先得益的是胜利智能—富强科技的员工们。公司的“十字”企业文化中有一条是“学习”，就是要求大家努力学习、开拓进取；公司明确以制度规定，每年拿出营业额的2%作为培训经费，高级管理层学习EMBA课程，部门经理学习MBA课程，普通员工专升本、本升研。每个员工每年的学习时间不少于200小时。富纳智能制造学院便是离他们最近的学习平台了。

把富纳智能制造学院做成平台，真正得益的是智能制造这个行业。大多数应用型学院出来的学生，本身还是颗不起眼的“沙砾”，而富纳智能制造学院就是“蚌”，打磨一番后终将让“沙砾”成为美丽的“珍珠”。这些“珍珠”被源源不断地输送到相关企业，避免了行业之间互挖人才造成的恶性竞争；同时，他们也可以立刻参与企业活动，为企业创造价值。

孙宣宇、王天旗等几位三江学院的学生，在校园里看到苏州胜利智能—富强科技与三江学院应用人才专业“合作培养卓越工程师的召集令”后，欣然报名参与这个合作培养项目。通过情景面试后，他们来到富纳智能制造学院学习。当时正逢胜利智能—富强科技跟美国一家知名视觉公司合作，这些孩子一下子成了跨国公司的技术员，而不再是站在生产线上的普通员工。还有一些学生，经过几个月学习后，被康耐视等好几家国际大公司争抢，拿到了进入国际就业市场的通行证，成了“香饽饽”。吴加富每每看到这些来自边远山区的技校生们，经过在富纳智能制造学院的学习而得到了自己想要的社会地位和收入时，总是由衷地高兴，仿佛看到了更多和他一样来自山里的孩子彻底扭转了贫穷的家庭境遇，为个人的未来打开了一条光明的道路。

微软、华为、苹果等公司高管们在参观了富纳智能制造学院后，纷纷对吴加富亮出大拇指，表示在这里看到了智能制造行业的未来，看到了中国民营企业的高度。这是利国、利民、利于行业的大好事。

“办学，建平台，我们也是认真的。”吴加富笑着说道。

第二章　智能制造样板

2017年年初，由胜利智能—富强科技的母公司苏州胜利精密投资新建的二期工厂投产，这座国家智能制造示范工厂是苏州首批三个国家智能制造示范工厂之一，也是江苏省3C行业中的第一个国家智能制造示范工厂。

走进位于苏州高新区浒墅关镇的胜利智能—富强科技样板厂，站在车间半空参观廊道上，仿佛看到了电影中才会出现的“科幻世界”。

车间里没有工人们忙碌的身影，只有一辆辆黄色的自动导引运输车，装载着原材料或成品，有条不紊地穿梭于产线和仓储之间。生产线上，高精度加工设备不停地工作着，机器人则挥舞着“手臂”，将不同元件拼装在一起，整条生产线运作井然有序。

这座面积约8000平方米的智能工厂，共有19条数控机床加工线、1条自动打磨线，1座数字化立体仓库，189台国产高档数控机床，7台自动导引运输车，102个机器人。每个机器人管理2到3个工站。从物料分配到上线生产，再到质量检测，以及仓储管理，整套生产流程全部由机器人完成。

如果按照传统制造行业普遍的标准，这样20条加工线可能需要250多个工人才能运行起来，而在这座国家智能制造示范工厂的车间内，只需中央控制室3—4人，真正实现了“机器换人”。生产过程中每一个环节的数据，系统都会自动采集并生成分析报告，实时上传至云端，管理者可对每一台设备实现实时监控，实现了企业信息端到云端的整合，实现了手机端对企业运营管理的控制。管理者在家里也能从手机上的App连接读到终端数据，实现了远程可视化。当生产过程中产品某项数据出现偏差时，系统会直接控制机床自动修正，避免了人工生产流水线上依靠人工测量才能发现问题的弊端。

这座国家智能制造示范工厂一亮相，就吸引了众多目光。

2017年2月20日，江苏省委书记李强在苏州市委书记周乃翔，苏州市副市长、苏州高新区党工委书记徐美健等人的陪同下调研苏州胜利精密，参观了他们的国家智能制造示范工厂。李强书记一行人认真察看智能制造示范项目、企业研发中心、产品展示大厅，了解企业实际需求，鼓励企业紧紧把握科技发展新趋势，着力推动关键领域核心技术攻关突破，着眼未来开展战略布局，努力向成为一流企业的目标迈进。

吴加富是个做事有准备的人。知道李强书记要来，他想起了李强书记在2016年11月党代会时曾对苏州提出的“创新四问”，即在全省创新格局中，苏州怎样发挥引领性作用？在推进自主创新中，苏州怎么追求原创性成果？在全面提升创新水平的基础上，苏州怎样打造标志性平台？在创新生态系统的打造上，苏州怎样体现开放性和包容性？

当初看到这“创新四问”时，吴加富就有了强烈的共鸣。在随后的座谈会上，吴加富说出了自己的想法，他认为，在苏州乃至全省、全国的创新版图上，民营企业应当担起重任。

“科技创新要以市场和客户为导向，民企直接面对市场和客户，所以我们有着不断创新的驱动力。”吴加富从胜利智能—富强科技自身走过的路说起，“对于民企而言，先借鉴再创新是一条比较现实的道路，我们借鉴的对象，必须是世界顶级的；合作的客户，也必须是世界顶级的。他们的需求，会倒逼我们去创新。”

为什么苏州“有高原没有高峰”，缺乏具有全国乃至世界级影响力的创新型企业？吴加富认为，这一方面与地域文化有关，苏州自古以来自然条件优越，百姓生活富足稳定，因此，苏州人被看作缺乏进取和冒险精神，实际上是走在前端都不吭声；另一方面，这和苏州近二三十年来以外资企业为主的经济格局有关，大量的优秀人才和资源进了外企，从而遏止了本土企业的创新能力。

“要打造苏州本土的创新‘高峰’，政府应该大力扶持和发展民企。”吴加富想起自己曾经拿着订单去银行贷款，跑了十多家银行都碰了一鼻子灰，他真诚地说道：“为促进民企发展，政府出台了很多优惠政策，但我们由衷地希望政府能关注并解决民企真正的痛点，让民企在自主创新的道路上走得轻松一点。”

2017年4月22日，中国工程院周济院长及六位院士、专家在苏州市副市长徐美健等领导的陪同下，调研胜利精密，考察智能工厂建设情况。

与周济院长再见面，吴加富心里非常激动。所谓的国家智能制造示范工厂车间，它的全名是“便携式电子产品结构模组精密加工智能制造新模式”，这个项目就是周济院长上一次调研苏州时吴加富争取到的，现在周济院长再次前来调研，吴加富明白，是自己交答卷的时候了。

在样板工程项目实施前，吴加富带领他的研发团队先了解了便携式电子产品的金属结构件在传统制造和智能制造上的区别。同智能制造相比，传统制造对人工的依赖性过强，如车间生产物料靠人工运输，装夹取料靠人工，吹屑放料靠人工，产品清洗时也是人工放料、收料，切削槽不能自动收屑，刀具破损不易被发现，夹具更换不方便，数据不完整，对问题点反馈主要靠人工调试、试做，等等。在设计数控机床生产线的总体规划时，研发人员要对所有落后的生产和工艺方式进行自动化、数字化、信息化设计，将生产线按照流程布局组成柔性化的作业单元，辅以自动化产线设备，构成灵活的适应多品种混流生产的柔性加工单元。

方案规划后，具体的技术方案很快出来了，首先研制高速数控加工中心，然后开发开放功能的数控系统，同时增加生产线2D、三维激光检测技术应用与自动补偿控制系统。

数字化数控机床生产线最核心的设备——高速数控加工中心，采用富强科技自主研制的HSC540-A加工中心，这套高速数控加工中心机床加入了工业视觉系统，能够对加工件拍照“验明正身”，通过影像定位计算，然后自动补位、角度纠正，加工完成后能自动进行在机测量检测。这一步完成了自动化。

数控系统被称为“智能决策者”，胜利智能—富强科技的工程师们将车间内各自动化设备组成一个局域网，运用大数据云服务平台将制造生产过程中的关键部件、制造资源，如刀具、夹具、托盘、卡板等，结合物联网技术进行“智能感知”，并将位置、生产状态、工艺参数等信息数据传递至上层的决策系统，实现智能制造现场的“智能决策”。这一步完成了信息化。

智能车间除了将机器人代替人生产产品外，生产的机床如果有问题怎么办？同样，机床也要智能。这也是这套精密加工智能制造新模式的一个亮点。工程师团队设计了数据采集与监视控制（SCADA）系统，用非接触的方式，将误差工件进行扫描，自动进行误差跟踪，然后用数据指令下发给产生误差的机床，让它在线补偿，实现生产线加工误差的在线闭环控制。这样就像通过软件和报警代码随时都能对自己的机床做CT、检查“身体状况”一样，做一个体检报告。

同时还设计手机App，可以实时了解，完成可视化。

专业的内容，严谨的思路，缜密的设计，先进的技术，让在场的周济院长等七位院士频频点头。

“如果我要做换线等改变，怎么办呢？”一位院士提出问题。

“我们建立了信息物理系统（CPS），实时数据驱动，做到物理工厂与数字化的虚拟工厂基本同步，相互映射，深度融合，他们是一对‘数字双胞胎’。当我要做出改变，立马现场同步实现这个改变。每一个环节都虚拟，确实难度很大，花了我们团队很多时间和精力。”

大家很清楚，眼前的这个生产车间在机器人、智能设备、信息技术、智能检测、绿色环保等方面实现了融合，它涵盖了从产品设计到制造实现的转化过程，全程由计算机自动控制生产制造流程、整个的管理和上传，是一座地道的无人化工厂，是数字化、信息化和可视化的典型代表。在这里，真正的主角不是人，是机器，人只是辅助性的监管角色。

胜利智能—富强科技交出了一份令人满意的答卷。

周济院长回去后，将这个项目向国家制造强国建设领导小组组长、国务院副总理马凯进行了汇报。2017年11月23日上午，国务院副总理马凯、工信部部长苗圩、中国工程院院长周济率领国家制造强国建设领导小组成员，实地参观、调研了这座国家智能制造示范工厂。马凯副总理详细了解了智能工厂的建设情况，胜利精密董事长高玉根做了详细汇报，智能样板工厂综合应用了国产装备、国产数控和国产工业软件（“三国”），实现了装备自动化、工艺数字化、生产柔性化、过程可视化、信息集成化、决策自主化（“六化”），通过云数控实现了基于大数据的分析和优化（“一核心”）。

参观中，马凯副总理问道：“为什么整个车间没有味道？”

吴加富一听，立刻意识到，领导很内行。外行人走在这个干净的车间里，以为生产车间就应该如同商场那般清洁，事实上，整个数控机床生产线原本是有很多切屑液和工业废料的，胜利智能—富强科技在设计时就考虑到了这些，特地多设了一条生产线，专门收集切屑液和废料，进行集中处理，为此还申请了两项环保专利。所以，当你走进来时，没有切屑液的刺鼻味道，也没有油污和肮脏的工业废料。吴加富告诉领导，车间有绿色环保的废弃物集中处理系统。

马凯副总理对智能制造示范工厂给予了高度评价，赞誉这是他所参观、调研的工厂中，运用国产装备、国产数控系统、国产工业软件建设成的水平最高的智能工厂，并鼓励公司践行“中国制造2025”，在智能制造领域积极探索，不断进取。

事实上，吴加富虽然经营着民企，但他一直都认为，企业家要以国家利益为重，以未来利益为重，以社会利益为重。他很早就对“中国制造2025”进行了潜心研究，试图找寻自己的胜利精密—富强科技正处在这几步中的哪个点位上。这个战略性规划纲要，“用三个十年完成中国从制造业大国向制造业强国转变”的路线图，吴加富一直用一张表格将这三个十年的每一步记得清清楚楚：

第一步：到2025年，迈入制造强国行列。

这里有四个点：

1. 到2025年，制造业整体素质大幅提升，创新能力显著增强；

2. “两化”（工业化和信息化）融合迈上新台阶；

3. 形成一批具有较强国际竞争力的跨国公司和产业集群；

4. 在全球产业分工和价值链中的地位明显提升。

第二步：到2035年，成为名副其实的制造强国。

1. 我国制造业整体达到世界制造强国阵营中等水平；

2. 创新能力大幅提升，重点领域发展取得重大突破；

3. 整体竞争力明显增强，优势行业形成全球创新引领能力；

4. 全面实现工业化。

第三步：到2045年，成为全球具有引领影响力的制造强国。

1. 制造业大国地位更加巩固，综合实力进入世界制造强国前列；

2. 制造业主要领域具有创新引领能力和明显竞争优势；

3. 建成全球领先的技术体系和产业体系。

在智能制造之路上，胜利智能—富强科技剑指“中国制造2025”，吴加富走得无比坚定。他分析道：“中国是制造业大国，但国内低端的传统制造业还在工业2.0的阶段，都要转型升级，走智能制造这一条路。智能制造必将有个大爆发。胜利智能—富强科技在机构设计、电机设计、软件开发、量测设备等智能制造的各个环节，都具有自主研发能力，在全球处于领先地位。我们就是走了一条模仿、借鉴、学习之路，在摸清缺点的基础上，通过创新找到解决办法，再到并轨，形成自有的先进技术。希望胜利智能—富强科技能给到更多的制造企业一个借鉴。制造业强，则国家强。助力国家实现‘弯道超车’最强的行业就是智能制造业，这就是实业兴邦。”

一个企业的发展，其意义有时候会延伸到一个行业。胜利智能—富强科技意识到自己不仅可以提供高精度、柔性化的智能硬件，更能为更多传统制造业搭建起信息化、数字化、智慧化的智能工厂。目前，胜利智能—富强科技2000人中已拥有超500人的研发团队，研发经费占销售收入的6.6%—6.8%，获得近200项发明专利和600多项实用新型专利。

胜利智能—富强科技研发团队不断刷新智能制造行业核心技术水平，引来了中国科学院成都光电技术研究所关注的目光。中国科学院成都光电技术研究所将研究生最后一年的社会实践放在胜利智能—富强科技，学生毕业论文所产生的各项专利两家共享，促进产学研的深度融合。澳大利亚悉尼大学商学院MBA的学生来此做项目调研，希望将来胜利智能—富强科技能布点澳大利亚。

2018年1月，胜利智能—富强科技又获批省级“两化融合”创新示范试点和贯标试点。

第三章　员工家属的来信

长长的思绪，伴随着吴加富的回忆，他在过去的“虚时间”里回顾着自己从小到大的经历。

这时，飞机已开始平稳飞行。他把书页合上，打开手机，忽然看到一封公司转来的邮件。他点开读了起来：

大家好，我们是罗自章的家属徐静及罗嘉怡小朋友。

首先感谢胜利智能—富强科技公司能组织这次亲子活动，让家属们了解了我们的“另一半”的工作环境。走进胜利智能—富强科技大门的那一刻，我就喜欢上了公司的环境，感受到了公司浓浓的工作氛围。在我的印象里，设备制造厂大都规模不大，设备简单，人员较少，基本都是不足百人，但胜利智能—富强科技彻底颠覆了我对设备厂的认知……

这次亲子活动，公司非常用心，专门聘请了外面的培训老师给我们讲解目前家长们最困惑的问题，比如，如何提高孩子的注意力、和孩子的相处技巧及如何与孩子沟通等，家长们受益匪浅。下午的手工制作，孩子们玩得很开心。活动中吴总还和我们一起游戏，他亲和、幽默……这一切让我们深深感动。

活动中间家属们参观了胜利智能—富强科技的核心工作室——工业4.0展厅，大家都非常惊讶，胜利智能—富强科技竟然能用机器人技术和自己研发生产的一系列机器设备来代替人工操作，实现生产车间的智能化和无人化！看完展厅，我就想，罗自章当初放弃外资企业而选择来胜利智能—富强科技是对的，我完全支持他，很感谢胜利智能—富强科技能提供这样一个平台让他去工作和学习。虽然，胜利智能—富强科技是民营企业，但是，胜利智能—富强科技的方方面面一点也不输给外资企业，甚至超越很多外资企业。

吃饭时，我有幸碰到吴总，他和我提到罗自章加班的问题，向我致歉。罗自章确实每天回来很晚，周六还要上班，一个月难得和家人一起吃几次饭，即便如此，我还是完全支持他。在这样的公司，我们没理由不努力，从大的方面来说是为了社会、为了公司，从小的方面来说，还是为自己好。公司壮大了、盈利了，员工才能获得更多的利益，同时我也知道，能者多劳，多劳多得。只有付出才有收获！胜利智能—富强科技一定会在其掌舵人——吴总的带领下，实现“富强梦”，就像展厅的宣传片里所提到的：客户富强，企业富强，员工富强，合作伙伴富强！

我在一家大型企业工作已十年有余，负责的供货商有2000多家。不管是从规模、技术方面，还是工作环境及企业文化方面，在设备行业，胜利智能—富强科技都处于绝对的领先地位，有绝对的竞争力。同时，胜利智能—富强科技重视企业文化，关爱员工生活。罗自章有一块公司送的手表，他很珍惜，我现在理解他为什么如此珍惜了，因为这块手表上有胜利智能—富强科技生产的高精密激光打标设备为他刻上的名字，这份独一无二的礼物让他感受到了公司的贴心。通过这次参观，我也感受到了这份真挚的贴心。

目前大环境不太好，今年有很多公司都撑不下去，倒闭了，所以家属们应该支持和理解“另一半”。让我们同心协力，让胜利智能—富强科技更上一层楼！愿“富强梦”早日实现！

吴加富想起来了，为了胜利智能—富强科技的快速成长，为了中国智能制造的快速提升，富强人常年在外奔波，与家人聚少离多。于是，胜利智能—富强科技为给员工及其子女提供一个感受亲情与欢乐的互动平台，每年都会举办“富强梦—共成长”亲子活动，邀请员工家属一起参与，这些充满人文关怀的活动赢得了员工家属的交口称赞。

几天前，举办了第三届亲子活动。这封信就是活动结束后，罗自章家属徐静写来的。罗自章是胜利智能—富强科技获得“2017年江苏机械科技进步奖”的十三位成员之一。

那次活动，上午邀请家属们一起观看公司宣传片，参观智能制造生产线展示厅，认知全自动智能生产线，员工家属饶有兴趣地了解了精密检测设备、工业视觉系统、人机交互系统如何在各个岗位上运转；然后是分组游戏互动，互相熟识，感受团队协作的力量。

吴加富虽没有全程参与，但下午的创意活动他参加了。看到男孩子们纷纷选组装机器人团队，他十分开心，毕竟自己就是做机器人的，当男孩子们通过自己的智慧，实现了自我突破时，他和孩子们一起欢呼。而女孩子们在创意美术、手工制作中“大展身手”。书法、美术、DIY……看到各组家庭用自己的智慧，完成了最美好的作品时，吴加富想起了儿子，小家伙自信、乐观、阳光，善于分析，可远在澳洲，平时自己工作那么忙，父子俩聚少离多，唯有通过电话或视频交流……

现在读到这么一封真挚的来信，吴加富很感动，他感受到了真诚换来的真诚。

在吴加富看来，一家企业是否优秀，需要从内部和外部、客户与员工两个方面来综合考察。这家企业如果在客户中口碑良好，说明客户对他们的产品和服务十分满意，企业具备长期发展的基础；如果在员工中的口碑很好，说明员工开心，开心的员工就能为客户提供好的服务。他一直觉得当今世界已经进入了命运共同体，只有大家好，才是真的好，胜利智能—富强科技早已不是他个人的公司，而是大家的公司，是时代洪流下应运而生的公司。他与员工的关系，也从来不是一种自上而下的控制关系，而是互相协作的关系。他深知每一个富强人及其背后的家庭都在默默奉献着。此刻，他更感到责任重大，他这个掌舵人注定要奋斗、拼搏，不能有丝毫懈怠与停滞，这不仅仅是为个人，甚至不仅仅是为富强科技，而是时代赋予的使命，就像先辈们为了中华人民共和国的诞生而洒血疆场一样，别无选择。中国智能制造的春天就是要靠我们发奋图强来绘就。

他这么想着，呷了一口水，不小心把前面靠板上的《时间简史》碰落地，他低下身子拾起书，看到封面上坐在轮椅里的霍金，忽有一种坚强毅力的加持。企业，不正如同科学一样，要不断求索与勇于挑战？

第四章　布局全球

优秀的企业家，往往具有全局观、未来观和全球观，用这“新三观”来看待问题，看待自己的企业。胜利智能—富强科技多年来一直和国际企业打交道，合作的都是技术领先的公司，80%的产能直接面向海外。遍布全球的客户和合作伙伴，早已使吴加富具有国际化的思维、全球化的战略。当他将胜利智能—富强科技定位为“全球智能制造解决方案领导者”时，其实是给自己设定了一个目标。现在，国家制定了“中国制造2025”战略，他终于等到了赶超世界先进制造业的风口，胜利智能—富强科技必须换挡提速。而要实现战略上的全面突围，必须在更大空间上布局，在更大平台上出手，实现胜利智能—富强科技的全面腾飞。基于这种思考，吴加富将目光瞄准了全球。美国的制造业看起来不怎么样，但美国制造业占据着产业链顶端，附加值和利润最高。因此，在坚持核心技术自主研发的基础上，要大胆“走出去”，布局全球，必须往产业链上游走。

吴加富很清晰地看到，从2013年起，世界各自动化巨头开始布局中国市场，各企业间人才互动频繁。但是，从全球的发展水平来讲，智能制造业这个新的业态各国企业的发展都差不多，那么，这其实是助力中国实现“弯道超车”的最好时机。吴加富说：“我们不能错失良机，胜利智能—富强科技必须抓住这一历史机遇。”

一直秉承着“内生式成长与外延式并购齐举”发展战略的胜利智能—富强科技，一直紧盯着世界前沿技术，专注于与服务高端制造相关的智能制造整体解决方案，定位于细分行业的全球龙头客户，通过软硬件深度研发和运用，高技术壁垒和子行业渗透度不断提高，拓展专业新领域。

布局全球，并购外企，不仅要资金，更要有相应的技术容纳，要了解市场变化、法律障碍、文化差异、国家政策，甚至老板个人喜好等。现在胜利智能—富强科技所涉足的领域已突破了以前的电脑、通信和消费电子三类资讯家电产业，逐步拓展到汽车装备、医疗器械及航天军工等行业。

时间进入到2018年，此刻，吴加富正飞往美国硅谷，他将直接到达位于硅谷的胜利智能—富强科技研发团队办公场所。

2018年，可以说是胜利智能—富强科技的海外并购年。

胜利智能—富强科技的合作伙伴遍及全世界。沿着产业链的分工，吴加富早就看到世界上有很多小而精的企业，他们名气不大，却在智能装备制造业的某个领域非常尖端，且资产优质。为增强核心竞争力，扩大行业规模优势，形成高技术壁垒，提升整体赢利能力，胜利智能—富强科技必须在细分行业和专业新领域持续加码，适时并购它们，促进全球化战略。2015年，胜利智能—富强科技悄悄地整合了擅长3D机器视觉的凡目科技，这一整合，放大了与原有业务的协同整合效应，在核心零部件方面取得质的飞跃。

2018年3月，胜利智能—富强科技顺利并购了日本的太阳机械Advancel。太阳机械创建于1954年，在生产线和检测线系统设备制造方面积累了大量的技术和经验，它的模块精度非常高，走线的方式、线的长度都是固定的。旗下的“Advancel”品牌在液晶和有机电机光显示（OLED）面板实装设备制造行业内享有近30年的盛誉，其技术水平赢得了行业龙头客户的青睐和认可，在国际市场上拥有稳定、优质的客户资源。

事实上，2017年，日本太阳机械派人前来参观胜利智能—富强科技后，就认为胜利智能—富强科技完全有能力进行半导体核心设备的开发。通过与吴加富两年的合作，太阳机械创始人柳本善弘非常信任吴加富。吴加富本着“和平、交流、理解、包容、合作、共赢”的原则向对方提出收购，他想起了自己转让富强科技时的心态，他非常理解眼前这位八十多岁老人转让投入了一生心血的企业的不舍心情。他诚恳地表示，会将“Advancel及图”的注册商标继续传承下去，技术没有国界。

OLED是未来显示器发展的方向，收购日本Advancel，是为了快速布局OLED设备领域，提升深度服务行业龙头客户的综合实力。

2018年6月，胜利智能—富强科技完成了收购芬兰JOT Automation Oy（以下简称JOT）100%股权的交割。这场并购被自动化业界称为“中国智能制造的一件大事”。

JOT公司成立于1988年，作为全球自动化生产和测试解决方案的顶级供应商，深耕消费电子领域，拥有丰富的移动智能终端设备生产及研发经验，客户群遍布欧洲、北美和亚洲等区域。JOT服务过的客户大多为全球知名品牌以及一些大型移动和计算设备代工（OEM）厂商。2015年，JOT成功进入苹果产业链，确立了它在苹果公司欧洲供应商中智能制造解决方案有力的地位。

收购之后，吴加富成为JOT新一届董事会主席。他说，收购JOT不仅将推动胜利智能—富强科技智能制造业务发展，还能进一步推进公司的全球化发展战略，特别是可以深入拓展欧美市场和国际龙头客户，完善欧洲的战略布局。他不是单纯地仅仅以进入海外市场为目标，而是在获得海外资源的同时，注重创新，从产品、技术延伸至服务等运营领域，他更加着眼于长期效益而非短期回报。

中国的“高富帅”爱上了全球的“白富美”。跨国收购，其实是两个不同企业文化模式的“联姻”。所以，真正深入地并购，还需要不断地反向学习和创新整合，在文化上更多磨合。胜利智能—富强科技每年的员工培训，吴加富都会请被收购公司的高层来授课，相互学习。JOT公司被并购后，芬兰的同事来到胜利智能—富强科技，给胜利智能—富强科技的员工进行专职培训，从JOT设备的应用介绍到JOT公司的技术核心，和大家分享视频，互相交流。

除了收购，胜利智能—富强科技开始在海外建厂，设立代表处与服务中心。目前，胜利智能—富强科技在全球已有4家子公司，在30多个国家设有代表处和服务中心，德国工厂正在建设中。位于美国硅谷的分公司，虽然人数较少，但发挥了其在全球智能制造解决方案上为客户提供服务的最直接窗口作用。关于未来，吴加富知道，越往产业链上游走，是骡子是马总有牵出来遛遛的一天，总有一天胜利智能—富强科技要参与到全球整体解决方案的竞争中，这是无法躲避的。现在的布局，其实是在为未来做准备，为能够在全球市场稳定立足、为成为全球智能制造解决方案领导者做准备。

吴加富没有想到，当初和王书庆到达硅谷时，觉得硅谷是别人的地盘，人家不待见，一天都不想多留。可是现在，胜利智能—富强科技居然跻身全球最成功的产业集群中，在此设立了分公司。来到这里，竟有种亲切的感觉……

第五章　罗克韦尔公司的颁奖

然而要真正走向国际化，取得国际信任，吴加富明白不是靠企业的首席执行官宣传出来，而是需要锐意创新，不断提升产品质量与服务，重新定义中国品牌给人的国际印象，通过企业多年积累形成的客户间的口碑赢得。

罗克韦尔公司的亚太区、欧洲区及中亚运营总监Pit Wee Yeoh先生和亚太区OEM销售总监Dana Richard Burch先生以及中国区工厂总经理吴传钢先生特地飞到中国苏州，要给他们的合作伙伴苏州胜利智能—富强科技颁一个奖——“杰出贡献奖”。吴加富有些糊涂了，虽然知道胜利智能—富强科技三年前就是他们的合作伙伴，在开关自动组装线上取得了良好的实践效果，可他到底做了什么，会让罗克韦尔的亚太区、欧洲区运营总监飞过来颁奖？还将进一步推动双方在智能制造领域新的合作，共同打造智慧工厂？

罗克韦尔公司是家很厉害的公司，它成立于1928年，原名北美航空公司，在第二次世界大战期间和战后美国扩军备战的刺激下，获取了巨额军火利润，一直以来，是美国国家航空和宇宙航行局以及国防部的主要军火承包商。二十一世纪以来，罗克韦尔公司在微处理器、工厂自动化控制、无线电、先进飞机和航天飞机、先进通信系统和全球定位系统等多个领域始终处于全球技术领先地位，目前已发展成为一家年销售额近80亿美元的电子产品公司，在世界范围内拥有100多家工厂和研究与发展实验室，在将近100个国家和地区设有销售和服务中心。

吴加富问Pit Wee Yeoh先生："你们有那么多战略合作的自动化公司，为什么不选他们，而选择我们胜利智能—富强科技呢？"

Pit Wee Yeoh先生说："是因为你们胜利智能—富强科技做了让我们很感动的事情。"于是，他给吴加富讲了一个故事。

罗克韦尔公司在新加坡建工厂时，富强科技的工程师飞往新加坡提供服务。下飞机后，工程师没有去宾馆，而是直接去了罗克韦尔的工厂，开始倾听他们的需求。听完需求以后，罗克韦尔的人问他多长时间能把方案做出来？他没有直接回答，而是反问："你们什么时候要？"

"一周，可以吗？"罗克韦尔的人问。

胜利智能—富强科技项目开发部的工程师们是一支训练有素、经验丰富、拥有高技能的专业团队，他们谨记着，公司企业文化中的"速度"便是争创效率、优质服务。他们回到宾馆后，就开始和国内的工程师们开电话会议，进行商讨，连夜奋战，当晚就把整个方案做出来了。第二天早上，他们就给罗克韦尔新加坡公司的总经理打电话，告知方案已经完成。对方过来一看，胜利智能—富强科技的方案正是他们想要的，可是才一个晚上，真是他们做的吗？话虽然没有说出口，但他心里很是怀疑胜利智能—富强科技抄袭了别人的方案，甚至先入为主地认为中国人抄袭的能力很强。

方案虽然基本上通过了，可罗克韦尔新加坡公司总经理心里对胜利智能—富强科技还是半信半疑的，便问胜利智能—富强科技项目经理新方案多长时间能做出来？胜利智能—富强科技项目经理再次询问对方希望多长时间做出来。罗克韦尔新加坡公司总经理说：“我希望你们三个月拿出来。”

胜利智能—富强科技的项目工程师回答：“45天。”罗克韦尔新加坡公司总经理惊讶地张大了嘴巴，虽然没有再说什么，但是不相信写满脸上。

事实上，胜利智能—富强科技的工程师回来后就与开发部做了一个可制造性设计，然后，紧锣密鼓地开始工作。最后，差不多40天就把设备运送到了罗克韦尔新加坡工厂。经过一周调试，新设备所有的性能都达到了新加坡工厂的要求。

在生产管理上，有句著名的话，“时间就是金钱”。胜利智能—富强科技在如此短的时间就完成了工作，让罗克韦尔提前产出。这位老总非常感动于胜利智能—富强科技为他人着想的速度与做事激情，就把这个故事分享给罗克韦尔全球所有的制造工厂，说中国有一家公司叫胜利智能—富强料技，在智能制造方面能力很强，速度超快。于是，罗克韦尔公司决定给胜利智能—富强科技颁发“杰出贡献奖”，并由欧洲区运营总监过来颁发。

这则故事让吴加富也很感动。他还是第一次从合作企业那里了解到自己的员工是怎样不分昼夜地拼搏，了解到国际企业对胜利智能—富强科技的口碑与看法。他感慨，每一则小小的案子都是公司国际口碑的塑造，胜利智能—富强科技虽然取得了罗克韦尔这样的大公司的信任，可要取得更多国际巨头的信任还有很长的路要走，现在还不是奏响凯歌的时候。都说要提升企业品牌的影响力和竞争力，其实就是要提升速度与服务，而速度与服务就是在打造客户心中企业的口碑。

“无论身处何地，我们始终在您身边。”这是胜利智能—富强科技的口号。他们坚持不管您在全球哪里，只要您有问题，24小时之内，售后肯定飞到您身边，提供诚意、专业、高效、高质的服务。真正践行，则客户满意，客户感动。也正因如此，2018年9月，胜利智能—富强科技入选为国家工信部服务型制造示范企业。

第六章　智能制造私董会

在中国古代，特别是明清时期，商人队伍开始壮大，竞争日益激烈，商人往往以地域为中心，以血缘、乡谊为纽带，以“相亲相助”为宗旨，建立商帮，互相支持，和衷共济，在规避内部恶性竞争、增强外部竞争力的同时，利用集体的力量保护自己，成为市场价格的制定者和左右者。

商帮，其实就是民营企业的集合，与中国经济发展历史紧密结合在一起。商帮的兴衰，甚至影响到封建王朝的兴衰与存亡。

在当代中国，商帮文化同样存在，它化身为俱乐部、同学会、企业协会等形式。然而，仅仅以社交为目的的商会形式，并没有打造出优质、高效、亲密、成长的圈子，企业家之间缺少实际碰撞，往往只是隔靴搔痒，企业并没有真正受益。作为舶来品的私董会，更有些像企业的心灵碰撞，它创建了一个企业家一起感知、一起连接、一起创造未来的场域。

私董会诞生于二十世纪五十年代的美国。彼时，美国威斯康星州的企业家们定期举行私密圆桌讨论，在这个过程中，他们发现，定期讨论是个相互碰撞智慧的“道场”，非常有助于提升自我的领导力。而后，这种形式开始风靡，成为企业老板们以诚信建立、分享思想干货、相互提供意见的私密圈子，并逐渐开始了商业化运作。

私董会的成员首先都是企业家。企业家们在决策的时候遇到了问题，怎么办？有没有这样一个既懂业务又值得信任还没有利益关系的人可以商量？或者有比你段位更高的企业家、企业创始人与你开诚布公地做“心灵”沟通？

2014年，中国进入智慧经济时代，企业进入商业模式调整的转型时期，中国以“智慧+资源”构建圈子的时代到来了。越来越多的企业家们认识到企业的兴衰成败，往往取决于企业家自身的情怀、格局、眼光、智慧和正能量，企业家是企业的核心，因此，企业家本身更需要由内到外的人格修炼和提升。

忽然之间，私董会就开始风生水起，中国企业家们希望通过这一新模式寻求互动学习和有信任的社交，外部“借脑”，静下心来脱离原来的工作与生活场景，敞开心扉，放心地去分享，进行深度反思。

2018年4月18日，由金色未来人力资源公司发起，苏州胜利智能—富强科技、苏高新创投集团、苏州市智能制造产业联盟、博众精工、汇川技术联合主办的国内第一家智能制造产业私董会开营仪式暨第一期活动在胜利智能—富强科技顺利启动。

吴加富作为第一期活动的联合主办方，带领20余位智能制造领域企业家参观了胜利精密—富强科技国内领先的智能制造中心和业内独创的智能制造学院后，为大家做了“全球智能制造解决方案领导者——启航欧洲之旅”的主题分享，他的国际视野，给大家带来了很多启发。

为了尽可能地避免利益冲突，私董会的成员一般都来自不同的行业，而现在这个智能制造私董会的成员都来自同一个行业，这就难免会有隐形的利益关系，比如明里暗里的竞争，比如人才的互相流动。然而，这就更需要成员之间坦诚相待，打开心灵，本着促进行业共同发展，“自利利他，成就他人”的初心来参与。

吴加富一直认为没有大思维、孤独行走的企业家在互联网时代终将被淘汰，同行之间的竞争不是敌人，竞争之后一定是合作与提高。他希望看到未来在自动化领域某个细分模块上有很多同行得到提升，而不是一家企业垄断，什么东西都能做。事实上，什么都做也不可能做好。

当自己的企业已经做大做强时，要想着为智能制造这个行业做点事情，吴加富发起创办这个私董会的目的不是为自己，而是为行业。如果这几家大企业之间存在恶性竞争，就会把整个行业做烂，行业做烂了损失的是大家，他和大家真诚地分享，要避免这样的情况出现。

吴加富想到长江商学院在招聘智能制造行业MBA学员时有这样一句宣传语，“制造业强则中国强”，要从智能制造的行业高度来搞私董会，而同行业的私董会则更是考验企业家心性的，更需要企业家之间以诚为镜，以心换心。带着这样的初心，作为第一期案主，吴加富抛砖引玉。

当案主是需要勇气的。吴加富知道，他所提出的议题——非标自动化行业如何向标准化发展，其实是行业的痛点问题。然而，他提出来，便意味着他要放下内心的防御，诚实袒露，要向私董会成员们做案主陈述，详细地介绍胜利智能—富强科技推行标准化的现状和遇到的问题，这其实是企业内部关起门来才能讲的话。

通常情况下，在企业里，CEO都是高高在上，权威不可侵犯；而人有七情六欲，有爱恨情仇，不可能不犯错误。这场有针对性的、以集体对话为核心的学习，将CEO们打回原形，在私董会教练的引导下，案主将走过躬问、探究、澄明、定见、解析、精思、心得七步流程，在自我陈述以及被私董伙伴和总裁教练的挖掘下，把自己的心性模式全部暴露出来，达到“发现自己”的效果。在痛点问题的解决上，就事论事，针对经营管理系统本身做出诊断。

最终，案主明白，所谓的痛点问题必须以CEO领导力的改进作为支撑；在场的私董伙伴们领悟，这一场定制化的解决方案，在帮助案主的过程中其实是“照镜子”，反思到自己，让人有一种“拍大腿”的感觉——“原来如此呀！”或者是“还可以这样做呀！”开启收获满满的私密之旅。

非标自动化行业如何向标准化发展？私董们都会遇到这个问题。在精思环节，大家采用头脑风暴的方式向案主建言献策，提供解决路径，私董们的分享都很务实、细致、扎心。

天准公司的徐董认为，非标和标准化其实是一种存量和增量的关系，去存量需要控制在前端，即非标的源头，如客户的需求、内部团队分散化且团队稳定性、工业路径不统一。因此要做到战略澄清、团队结构优化、技术路线统一化。

菲尼克斯顾总则真诚地认为，在战略上要清晰定位，目标聚焦在哪里？技术和行业边界在哪里？企业对此要有所为有所不为，沉淀技术和技术人员，让他们不断学习、不断升华。目标决定战略，战略决定结构，那么，企业组织也是要不断发展、持续转型的。网络经济时代，哪怕是智造企业，也将经历从控制经营走向自由经营的历史性转变，企业边界越发具有可渗透性和灵活性，柔性的组织结构模式替代刚性模式，以可持续变化的结构代替原先相对固定的组织结构。另外，采购策略上要考虑到不是选择一次性成本低的，而要考虑长期最优的。同时，要找到企业员工个人诉求与企业诉求间的平衡点，或者螺旋上升，充分尊重员工的诉求。

……

这一场“向老板学做老板”的私董会，私董们还围绕打造智能制造未来发展生态圈，展开深度交流、探讨，激发起高品质对话，对行业进行深层次思考。私董们原来看自己的同行，都感觉有点“老虎屁股摸不得”的样子，可在这个场域里，大家回归本心，卸下面具，袒露心声，相互帮助。于是美妙的信任产生了。

吴加富把私董会当作思想的道场，提升、凝练智慧。他越来越认清，胜利智能—富强科技要成为中国智能制造的脊梁，成为国际竞争的核心力量，那他作为掌舵人就要有大视野，要能看到未来，看到国际上经济、行业和技术变化及发展趋势；要有大情怀，企业的生存根本上不是为自己而生存，而是为社会、为人民、为利益关联方、为环境而生存；要有大格局，从整个行业来看自身，从全球的大趋势来看自身；要有大担当，敢于成为“中国制造2025”的实践者、先行者。

胜利智能—富强科技的“十字”企业文化中有一条是“融合”，就是要团结协作、共创辉煌。这个“融合”，不仅是和员工的融合、整个产业链上下游的融合，还要和智能制造产业各企业融合，乃至整个国家、民族、人类命运共同体融合。

第七章　苏州巴蜀同心汇

苏州巴蜀同心汇是2009年吴加富和苏州工业园区一帮外企高管共同发起的一个公益组织。

吴加富的童年、少年时代都是在贫寒中度过的，他对贫困所带来的苦难和匮乏有着刻骨铭心的感受。幸运的是，读书让他走出了连绵的大山，他又恰逢改革开放、外企大量涌入的好时代，时代机遇和国家战略将他的个人追求和成功与国家的大发展实现了对接。他之所以选择创业，与曾经经历贫困、想要改变命运是分不开的。因此，当他的胜利智能—富强科技逐步稳定时，他开始用自身的力量回报社会，他的每一份慈善捐助都是他回报社会的拳拳爱心。

吴加富的同理心特别强，他对贫困学生特别能感同身受。2009年起，他开始资助自己的母校——西华大学的学生，捐资设立“加富助学基金”；2015年，他给苏州大学计算机科学与技术学院、机电工程学院，设立“富强科技奖助学金”。他每年给两个助学基金各捐资十万元，奖励好学上进的学子，助力经济困难学生顺利完成学业，希望他们能和自己一样成长为对社会有用的人，勇担社会责任，将来不忘回馈社会。

2013年，为增强公司的凝聚力和向心力，使公司困难员工及社会弱势群体得到关心和帮助，吴加富又发起成立了“苏州富强慈善基金”。

吴加富做公益，和他经营企业一样，诚实、认真，讲究落到实处。他这样说道：“做公益不是虚荣心的攀比，不是要政府的奖励，而是实实在在地做事，要真正落地，做公益同样需要勇气、方向、团队、经验、能力和资金。”他心系家乡父老，于2015年10月发起成立了巴蜀同心汇公益委员会，专注于帮助巴蜀贫困山区留守儿童和乡村小学，以及对在长三角地区的巴蜀同乡进行就业工作指导和技能培训。2016年，通过工商注册，正式成立了巴蜀同心汇，一个凝聚乡情、共谋发展的组织，一群怀揣仁爱之心的企业家，一个个渴望回报家乡的热心人，就这样将爱心变为行动。

有了巴蜀同心汇这个载体，大家做起公益来更加深入。最初参加巴蜀同心汇的都是在苏州的四川人，他们倡导“绿色、环保、健康、文明”的理念，每月举行一次环保徒步活动，带上家人，来到苏州金鸡湖边、虎丘湿地公园、诺贝尔湖畔等地徒步、捡垃圾。他们做着公益，一路前进，一路扩展，现在已加入了很多苏州本地人。

巴蜀同心汇的“回乡之旅”是走访留守儿童。吴加富动员志愿者们带着自己在城里生活的孩子一起体验、感受贫困山区孩子的生活。2016年，十几名巴蜀同心汇的志愿者辗转来到四川省中江县古店乡，看望了10名留守儿童，给孩子们送上了慰问品。志愿者们和孩子们亲切交流、谈心。

“我想当医生……”

“我以后想当一名法官……”

“我长大了要当老师……”

志愿者们一边倾听孩子们的梦想，一边鼓励孩子们要认真学习，努力实现自己的梦想，回报社会。他们还与学生结成对子，进行定向帮助。

随后，志愿者们前往部分孩子家中走访、了解，根据孩子们的实际状况，建立学生帮扶档案。巴蜀同心汇的会员可以从中选择学生，进行一对一帮扶，每月给孩子们提供200元生活费，直到他们初中毕业，此外，还将定期进行远程爱心心理辅导。吴加富资助6个孩子，不仅每个月打电话联系，高考后还教他们如何填报志愿、如何选择将来就业的方向。

2017年5月13日，吴加富作为巴蜀同心汇的主席率领多名会员前往绵阳市平武县进行爱心探访。这是距苏州近2000公里的地方，这是需要坐飞机、火车，再转乘汽车，最后步行才能到达的地方。吴加富回到母校——平武中学，看望和关爱贫困学生，通过与老师座谈、交流和走访，了解学生的家庭情况，给他们送去温暖、希望和爱心。

在走访平武山村的学生家庭时，吴加富心中涌起阵阵心酸与无奈。他非常了解，这群可爱的孩子，他们懂事、坚强，却早早地挑起家庭重担；他们渴望靠知识走出大山，改变命运，却因贫穷面临辍学困境。这些孩子，就是二十多年前的自己！是不能放弃的同胞亲人！他忽地心里一动，富纳智能制造学院是否能增加一项对贫困山区精准扶助的内容？让这些山里的孩子通过富纳智能制造学院的培养，走出大山，改变生活，改变人生？

同行的同心汇会员踏着泥泞的道路来到吴加富童年生活过的地方，他们站在那闭塞的小山村前，眼泪夺眶而出。要从这样的大山里走出去，成就现在的一番事业，没有明确的目标，没有顽强进取的信心，没有奋力前行的力量，没有坚忍不拔的毅力，是无论如何办不到的！

紧接着，5月25日，巴蜀同心汇公益委员会一行人前往大凉山看望留守儿童。因基础教育设施匮乏，学校又少又远，大凉山的孩子们往往要步行三四个小时才能到达学校。在当地，留守儿童随处可见。孩子们清澈的眼睛里流露着对生活的向往和憧憬。当地一名老师表示："此生最大的心愿就是希望孩子们顺利完成学业，将知识变成翅膀，飞出大凉山。"这也是吴加富的心愿。

2017年10月，巴蜀同心汇组织了对四川凉山州喜德县偏远贫困的彝族地区捐赠衣物、书籍、玩具活动。

2018年6月1日，巴蜀同心汇的5名志愿者来到四川省巴中市南江县关路乡九义校、高桥乡小学、金盆乡小学走访、慰问、帮扶。

在走访中，看到留守儿童的状况，志愿者们越发认识到单纯给钱并不是真正意义上的做公益。资金只是真正公益的辅助元素，而不是关键元素。真正的公益，是要看到社会探索、心灵拯救、边缘求知——这些是更不可捉摸、风险更高的公益。

作为企业家，吴加富不仅主动承担着公益这份社会责任，更是有意识地将在经营企业中形成的创新精神迁移到公益中，引领公益事业的发展。当他了解到这些深山里的孩子因长期不在父母身边而出现了自卑、孤僻等心理问题时，他更强调心灵的公益。他意识到，光有爱还不行，巴蜀同心汇的成员一不专业，二没那么多精力，于是，他利用自己的关系又一次搭起了鹊桥。

2016年，吴加富开始就读长江商学院，他和这群具有全球视野、人文关怀和创新精神的企业家学员们分享了巴蜀同心汇所做的公益，大家都很支持。他申请了长江商学院40万元的公益基金，用于聘请华东师范大学心理咨询中心的教授们组建了一个团队，在寒暑假给巴蜀同心汇资助的四川山区学校选拔出来的一至两名爱心老师做心理关爱培训，再让这些老师去辅导留守儿童。

2017年，吴加富入选苏州高新区第二届魅力科技人物。获奖词中这样写道："吴加富，苏州富强科技有限公司创始人。十年时间，凭借坚忍不拔的毅力，他带领的胜利智能—富强科技不断突破智能制造领域的关键技术和核心零部件技术，成为一家集设计、研发、生产制造、销售和服务于一体的全球智能制造定制方案提供商，被称为'中国民营企业的未来，中国智能制造的未来'。"

主持人在颁奖前说道："你们知道吗？从笔记本到智能手表，再到手机、无线键盘，全球数以十亿计的消费者们使用的电子产品，都和苏州胜利智能—富强科技有关。目前，苏州胜利智能—富强科技已成为美国最大电子消费品公司的战略合作伙伴、全球第五大设备供应商。从业10年来，吴加富个人崇尚责任，回报社会，热心公益，以达济天下的胸怀，承担起社会责任。截至目前，他已经帮助数百名西华大学学生完成学业，累计帮扶10余名困难员工渡过难关。与此同时，他发起的富强慈善基金与巴蜀同心汇慈善基金还通过一对一的方式，资助百余名贫困学生，并将一直帮扶至其完成学业。”

上台领奖时，吴加富眼角湿润，他耳边回响起李嘉诚先生对长江商学院学员们的寄语：“强者的有为，关键在我们能否凭仗自己的意志，坚持我们正确的理想和原则，凭仗我们的毅力实践信念、责任和义务，运用我们的知识，创造丰盛的精神和富足的家园；我们能否将自己生命的智慧和力量，融入我们的文化，使它在瞬息万变的世界中历久常新；我们能否贡献于我们深爱的民族，为她缔造更大的快乐、福祉、繁荣和非凡的未来。”

吴加富将此次获评魅力科技人物得到的10万元奖金，全部捐赠于富强慈善基金与巴蜀同心汇慈善基金。